Anja Röhl

Die Frau meines Vaters

Erinnerungen an Ulrike

Edition Nautilus

Edition Nautilus Verlag Lutz Schulenburg
Schützenstraße 49 a · D-22761 Hamburg
www.edition-nautilus.de

Originalveröffentlichung · Erstausgabe Februar 2013
Umschlaggestaltung: Maja Bechert, Hamburg
www.majabechert.de
Druck und Bindung:
Freiburger Graphische Betriebe
1. Auflage
Print ISBN 978-3-89401-771-2
E-Book EPUB ISBN 978-3-86438-132-4
E-Book PDF ISBN 978-3-86438-133-1

Vorbemerkung des Verlags

»Alle glücklichen Familien gleichen einander, jede unglückliche Familie ist auf ihre eigene Weise unglücklich«, können wir in Tolstois *Anna Karenina* lesen.

Dies ist ein Buch über Familie und Gesellschaft, über Kindheit und Erwachsenwerden, es handelt von Angst, Sehnsucht und Zuneigung. Nicht jede Erinnerung wird von anderen geteilt. Je nach Blickwinkel verzweigt sich das Erinnerte in der persönlichen Erzählung. Das liegt in der Natur der Sache. Die Wahrheit mag als zweifelhafter Anspruch angesehen werden, die Sichtweise auf Tatsachen und Geschehnisse mag abweichen, es bleibt aber der Schmerz früher Verletzungen, die einem Menschen auf seinem Lebensweg mitgegeben werden. Es sind keine exklusiven Erfahrungen, sondern geteilte, die von jedem auf eigene Weise erlebt und somit von allen nachempfunden werden können. Und es ist auch eigentümlich für das individuelle Erleben, dass das Glück flüchtiger ist als das Leid. Die angstfreie Lebensfreude bleibt so lange ein sehnsuchtsvolles Bemühen, wie die Familien die Pathologien des Unglücks produzieren, die das gesellschaftliche Leben vergiften.

In diesem Buch geht es um Elementares: um Verlust und Glücksuche, Wahrhaftigkeit und Lüge, das Aussprechen des Schmerzes. Die Autorin unternimmt mit *ihrem Erinnern* eine Selbstvergewisserung, weder ist sie bestrebt herabzusetzen noch zu verleumden. Es ist nicht zuletzt ein Buch der Zuneigung.

Die Mutter meiner Schwestern sollte der Roman ursprünglich heißen, und obwohl die Verbundenheit der Autorin mit ihren Halbschwestern nicht geleugnet werden kann*, so ist

* »Anja nahm sich in geradezu rührender Weise ihrer kleinen, sieben Jahre jüngeren Halbgeschwister an, nahm uns bei Spaziergängen an die Hand und hat meiner Mutter oft damit eine

sie im Vorfeld der Veröffentlichung des vorliegenden Buches doch wieder Anlass für das Unglück der Familie Röhl: Unter Berufung auf ihr Persönlichkeitsschutzrecht wurden Anja Röhl und dem Verlag durch eine der Halbschwestern juristische Schritte angedroht, wenn nicht *alle* Passagen – auch Schilderungen solcher Sachverhalte, die bereits mehrfach öffentlich gemacht wurden, zum großen Teil sogar durch Bettina Röhl – aus dem Manuskript entfernt würden, in denen Anja Röhls Beziehung zu ihren Halbschwestern geschildert wird.

Das Bemühen um einvernehmliche Einigung ging vom Verlag aus, mit dieser Absicht hat der Verlag der Mutter und den Schwestern vorab das Manuskript zukommen lassen. Mit Anja Röhls Mutter wurde so eine Einigung erreicht, für die wir uns an dieser Stelle ausdrücklich bedanken möchten. Und eine solche Einigung schien zunächst auch mit Anjas Halbschwestern auf gutem Wege. Zahlreiche Passagen wurden auf deren Bitte gestrichen, ebenso wurde der Titel geändert – doch unter Umkehr aller Gepflogenheiten bei der Kompromissfindung wurden die Forderungen immer größer, bis zum Ansinnen, in Anja Röhls autobiografischem Buch müssten die Halbschwestern gänzlich unerwähnt bleiben.

Da unsere Bemühungen um einen fairen Ausgleich mit den Halbschwestern scheiterten, sieht sich der Verlag nun, um unfruchtbaren juristischen Auseinandersetzungen aus dem Wege zu gehen, gezwungen, diesen Streichungsforderungen nachzukommen, sie aber durch Schwärzungen zu kennzeichnen. Das darf als Zeichen des Protests verstanden werden.

Freude gemacht, daß sie mit uns Zwillingen fröhlich spielte und scherzte. In Anja waren wir als Kinder ganz verliebt. Sie war im Umgang mit kleinen Kindern ein Naturtalent.« So schrieb es Bettina Röhl selbst in ihrem Buch (*So macht Kommunismus Spaß! Ulrike Meinhof, Klaus Rainer Röhl und die Akte Konkret*, Hamburg 2006, S. 441).

Wir bedauern, dass diesen Erinnerungen an eine Kindheit und Jugend und an den großen Einfluss, den ein einziger verständnisvoller, zugewandter Mensch hier haben kann, so nun ein Ruch von Skandal anhaften wird und die Aufmerksamkeit nicht auf das kurze Glück der Autorin, sondern wieder einmal auf das Unglück der Familie gelenkt wird. Wir haben versucht, es zu vermeiden, es ist uns nicht gelungen.

Edition Nautilus, Hamburg im Februar 2013

Vorbemerkung der Autorin

Der folgende Text beschreibt eine Kindheit zehn Jahre nach Kriegsende – aus der Perspektive des Kindes. Diese Geschichte ist bei weitem kein Einzelfall. Viele Kinder wuchsen in den fünfziger und sechziger Jahren so auf, die Strukturen in den Kindergärten und Heimen waren noch geprägt von den Erziehungsmethoden der Nazis. Trennungskinder hatten es besonders schwer, da alleinerziehende, voll arbeitende Frauen oft keine Möglichkeit hatten, ausreichend Zeit mit ihren Kindern zu verbringen und außerdem auch noch sozial geächtet waren. Autoritäre Erziehungseinrichtungen und ungenügende elterliche Beschäftigung mit den Kindern waren und sind Zeitphänomene.

Ich habe Ulrike Meinhof als neue Frau meines Vaters und als Mutter meiner Halbschwestern kennengelernt. Die Darstellung dieser Begegnung ist subjektiv. Sie soll subjektiv sein. Um dem Leser diese Subjektivität zugänglich und verständlich zu machen, sind den Erinnerungen an Ulrike Meinhof andere Kindheits- und Jugenderinnerungen zur Seite gestellt. Nur in diesem Rahmen lässt sich die Bedeutung, die Ulrikes Handeln und ihre Briefe für das Kind, das Mädchen, für mich hatten, nachvollziehen.

Das Buch ist allen Scheidungs-, Trennungs- und Heimkindern gewidmet.

*

Meiner Mutter und mir tut es heute sehr leid, dass wir uns einst so viel Kummer bereitet haben und eine so konfliktreiche Zeit durchleben mussten. In den vergangenen Jahren haben wir aber wieder einen Weg zueinander gefunden.

In diesem Buch stehen die negativen, sehr subjektiven Erinnerungen an meine Mutter im Vordergrund. Daher möchte ich betonen, dass es auch viele positive gemeinsame Erlebnisse gegeben hat.

»Haut heißt Haut, weil man darauf haut.«

Der Vater zum Kind, 1960

»Absurd ... da ist nichts dran ... Wir hatten eine schöne Zeit. Natürlich schlief Anja in meinem Bett. Aber da war nichts. Das einzige Problem war Schlittenfahren, da war ein kleiner Hügel und den wollte sie nicht runter. Sie war so ein Angsthase. Ich konnte damit nicht umgehen. Ich haute ihr eine runter. Sie war damals etwa fünf Jahre alt. ... Ich hatte viele Frauen. Mit Ulrike führte ich eine hocherotische Beziehung. Schon von daher gab es keinen Anlass.«

Klaus Rainer Röhl am 6.5.2010, im Stern

Es ist Sonntag, der 9. Mai 1976 um 5.10 Uhr, als die junge Frau die Haustür hinter sich zuzieht und sich auf den Weg zur Arbeit macht. Hätte sie an diesem Tag nicht Frühdienst, würde man sie um diese Zeit kaum auf den Straßen von Berlin-Neukölln zwischen wankenden Alkoholikern und unausgeschlafenen Hundebesitzern beobachten können. Wie gewöhnlich nimmt sie die U-Bahn, die sie in den Süden des Stadtteils bringt, vorbei an den grauen Arbeitervierteln, den Fassaden, an denen der Putz abblättert, hin zu Gärten mit zwitschernden Vögeln, violettem Flieder und weißen Obstblüten, hinter denen kleine Reihenhäuschen aneinander kleben. Wie gewöhnlich betritt sie das Neuköllner Krankenhaus durch das vom übermüdeten Pförtner bewachte Tor, fährt mit dem Fahrstuhl in den zweiten Stock zu ihrem Arbeitsplatz und macht sich sogleich daran, die Patienten zu waschen und zu betten, Verbände auszuwechseln und Spuckgläser auszuleeren. Als sie Herrn K. das Frühstück bringt, erzählt er ihr wie jeden Tag mit Handzeichen so viele verschiedene Dinge, dass sie im Nachhinein nicht mehr sagen kann, ob der alte Herr nicht doch von seiner Stimme Gebrauch gemacht hat. Ihre Schicht an diesem Tag ist schon fast vorüber, und während sie auf dem Flur hastig zu Mittag isst, kommt ihr eine andere Schülerin entgegen. Sie hält so viele Gläser in den Armen, dass die junge Frau sich verpflichtet fühlt, ihr Mittagessen auf einem Tisch abzustellen und ihr einige abzunehmen. Gemeinsam betreten sie den Spülraum.

Die junge Frau wäscht gerade ein Glas aus, als die andere ihr beiläufig mitteilt: »Hast du schon gehört, Ulrike Meinhof hat sich in ihrer Zelle erhängt.«

Die junge Frau wendet ihr den Kopf zu, sieht hinter ihr die Sonne gleißend hell durch das Fenster scheinen, vor dem sich die schwarze Silhouette abhebt, und fragt mit tonloser Stimme: »Was?«

»Das kam den ganzen Morgen in den Nachrichten.«

Das eben ausgespülte Glas fällt klirrend zu Boden. Die junge Frau sinkt gleichfalls zu Boden. Aus ihrem Mund dringt ein Schrei. Leute laufen zusammen. Der anderen Schülerin ist die Szene unangenehm. Die junge Frau reagiert nicht mehr, sie hört auch nicht auf zu schreien. Es ist nur ein einziges Wort, was laut auf den Flur hinaus hallt: Nein!

Eine Schwester kommt, eine Spritze in der Hand, die sie der jungen Frau in den Arm sticht.

Einige Zeit später erwacht sie. Noch immer benommen von der Spritze, bemerkt sie die völlige Ruhe, die sie umgibt. Als sie die Augen öffnet, blickt sie in die unangenehm funkelnden Augen der Oberschwester, die sie mit schneidend strenger Stimme etwas fragt, auf das sie keine Antwort bekommen wird: »Was ist denn mit Ihnen los, Schwester Anja?«

Die Worte hallen im Kopf der jungen Frau wider.

DAS KIND

»Anjaaa, lass das! Hör auf, hab ich gesagt!«

Das Kind zuckt zusammen, was hat es falsch gemacht? Es wollte nichts Böses tun, wollte nur etwas ausprobieren. Das Kind ist drei Jahre alt, ein heller Tag. »Das ist unsere neue Wohnung«, sagt die Mutter. In Hamburg-Barmbek stehen sie in der neuen, sonnendurchfluteten Küche. Es riecht nach Farbe. Das Kind ist zu einem weißen Becken gelaufen, ein schönes, großes, weißes Becken. Dort hat es einen Stuhl genommen, war unbemerkt hinaufgeklettert und hatte probiert, den silbernen Aufkleber vom Beckenrand abzuziehen. Dann kam das Zischen der Mutter, drohend. Sofort hat es abgelassen von dem Aufkleber, ist hinuntergestiegen. Das Kind muss aufpassen, auf der Hut sein. Die Stimme der Mutter ist mal scharf und bedrohlich, mal traurig und wütend, manchmal in Eile, unkonzentriert, manchmal freundlich. Das Kind würde sie gern immer freundlich haben.

»Das macht man nicht!«, sagt die Mutter.

Das Kind läuft auf sie zu: »Wieder vertragen?«

»Na klar«, sagt die Mutter.

Das Kind umarmt die Mutter: Anja wieder lieb.

Nachts kommt das Kind verschlafen aus dem Zimmer. Der Vater ist durch die Wand zu hören gewesen, er schimpft. Es ist laut. Das Kind macht vorsichtig die Tür auf. Die Mutter sitzt auf dem Sofa und weint, das Kind läuft zur Mutter, stellt sich vor sie und breitet die Arme aus. Es ruft mit heller, noch etwas verschlafener Stimme: »Papi eisch!« Der Vater tritt zurück. Du bist eisch! Das kennt das Kind von der Oma. Eisch bedeutet, dass man etwas falsch gemacht hat, dass man böse war, unartig, nicht gemacht hat, was die Erwachsenen wollten. Die Erwachsenen sagen es mit erhobenem Zeigefinger, es bedeutet zugleich auch: Schschhh! So ein Wort ist eisch, es kann Ruhe herstellen, es kann Angst machen. Es ist gelungen, das Kind ist stolz. Die Mutter ist gerettet.

Strand und Wasser. Das Kind liebt den Strand, mag aber nicht ins Wasser. Es hat Angst vor den Wellen. Die Erwachsenen lachen, es ist doch flach, sagen sie. Das Kind aber schweigt, starrt aufs Wasser. Das Kind geht nicht tiefer rein als bis zu den Füßen. Die anderen Kinder lachen auch, ein richtiger Angsthase, sagen sie.

Einer lacht nicht mit, er heißt Heiner, er nimmt das Kind an die Hand und geht mit ihm am Strand spazieren. Er zeigt ihm am Boden die Wattwürmer. Das Kind liebt es, mit ihm spazieren zu gehen und auf seinem Schoß zu sitzen. Er ist schon vierzehn Jahre alt. Das Kind erst drei. Sie machen ein Foto davon, es klebt im Fotoalbum. Das Kind spielt gern im Sand. Während die Erwachsenen hinten im Strandkorb sitzen, backt das Kind Kuchen, als sei es eine Mutter und backe für ihre Puppenkinder. Dann dreht sich das Kind um, der Strandkorb ist leer. Wo sind sie? Das Kind läuft zum Wasser, dort sind viele Leute. Es läuft und läuft, an vielen Strandkörben vorbei, am Wasser entlang. Es hat Angst, es weint.

Ein Mann fragt: »Warum weinst du?«

»Meine Eltern sind weg.« Das Kind sagt zum ersten Mal das Wort Eltern.

Der Mann nimmt es an die Hand, das Kind wird ruhiger. Plötzlich weit hinten sieht es die Mutter mit dem Vater in einem Strandcafé sitzen. Beide lachen. Als sie nah dran sind, schüttelt die Mutter den Kopf: »Na, wir haben dir doch Bescheid gesagt!«

Einmal kommen sie an einem Friedhof vorbei, da sagt die Mutter: »Hier ist der Ohlsdorfer Friedhof, wo Friedhelm begraben liegt.«

Das Kind bleibt stehen: »Gehen wir da rein?«

Die Mutter will nicht, sie zieht das Kind mit sich. »Nein, das ist schon so lange her.«

»Wo liegt er?«, fragt das Kind.

Das Kind muss an seine Oma Erna und deren Friedhof denken. Da liegen alle, die wir lieb haben, sagt Oma Erna immer, und das Kind geht oft mit. Auf dem Friedhof riecht es gut, nach Blättern und Blumen und frischer Erde. Das Kind möchte seinen Bruder auch einmal besuchen. Es will auf seinem Grab harken und Blümchen pflanzen.

Als das Kind weiterfragt, zeigt die Mutter ein Foto. Ein Foto von einem Baby, das den Kopf hochhält und traurig aussieht. »Das ist er«, sagt die Mutter. »Er wurde ein Jahr vor dir geboren.«

Er sieht aus wie ich, denkt das Kind. Das Foto legt die Mutter lose ins Album.

»Er war krank«, sagt sie, »er wäre behindert geworden, da war es besser so. Er hatte falsches Blut. Bei dir wäre das auch passiert, weil sich Papis und mein Blut nicht vertragen. Bei dir ist das dann ausgetauscht worden.«

Das Kind wünscht sich, der Bruder hätte leben dürfen. Es hätte ihn gern kennengelernt. Das Kind liebt den Bruder. Sterben ist etwas Schlimmes.

»Warst du nicht traurig, als er starb?«, fragt das Kind die Mutter.

»Da hab ich mich ja schon auf dich gefreut«, sagt die Mutter und wendet den Kopf ab.

Das Kind bekommt Angst, es denkt, vielleicht ist er gestorben, weil sie sich auf mich gefreut hat. Vielleicht ist der Bruder gar nicht tot, und sie haben ihn im Krankenhaus nur verwechselt.

»Du hattest einen guten Appetit, das war dein Glück«, sagt sie noch. »Du warst stark, von Anfang an. Du hast sofort getrunken, im Brutkasten, da war ich beruhigt.«

Auch Oma Erna sagt immer, das Kind hat einen guten Appetit, weil es fünfzehn Kartoffelpuffer schafft. Das Kind hört oft von der Mutter: Du bist stark. Die Mutter fügt noch hinzu: Ich war immer eher schwach. Krank kann doch jeder mal werden, denkt das Kind, da muss man doch nicht gleich sterben.

Das Kind im Badezimmer. Eingesperrt. Draußen tobt der Vater, er sagt schlimme Wörter, über die die Mutter weint, sie schreit auch, weint und schreit abwechselnd. Weinen der Mutter, Brüllen des Vaters. Das Kind sitzt im Badezimmer. Es ist dunkel. Es hockt sich vor den Luftschlitz, man kann einen hellen Streifen Licht sehen. Das Kind will rufen. Dass sie bloß aufhören, denkt das Kind. In den Kacheln des Fußbodens sieht es dunkle Bärte, dann böse Männer, je länger es draufschaut, desto mehr Männer erscheinen. Wenn jetzt mein Bruder da wäre, denkt das Kind.

»Wann kommt Papi?«, fragt das Kind immer wieder.

»Er ist auf Reisen«, antwortet die Mutter.

Ab und zu kommt er wie ein Wirbelwind in ihre Wohnung gefegt, redet laut, spielt Kasperletheater und bringt Geschenke mit. Eine Matroschka, eine Puppenfamilie, die ineinandersteckt. Bücher: *Hirsch Heinrich*; *Die Wolkentrine*; *Weltall, Erde, Mensch*. Bücher aus der DDR, die das Kind sich immer anschaut und die schöner sind als *Max und Moritz*. Mit der Latte auf die Platte, ruft der Vater, wenn er den Kasper spielt und den Räuber haut. Er spricht ganz hoch, wenn er die Hexe nachmacht. »Nächstes Mal mehr«, sagt der Vater. Er redet, er erzählt, dann geht er. Nie fragt er, nie lässt er Pausen, hat immer zu tun. Er stürmt durch die Wohnung wie ein Sommergewitter. Wenn er kommt, läuft das Kind ihm entgegen, läuft ihm in die Arme, lässt sich von ihm herumschleudern, und das Schönste, oben auf seinen Schultern sitzen, auf die Welt herabschauen. Sie gehen zusammen weg, der Vater kauft Eis.

Manchmal verreisen sie auch zusammen, nach Sylt, dort

wohnen sie bei einer Wirtin, die im Rollstuhl sitzt, weil sie als Kind die Steilküste heruntergefallen ist. »Du darfst nie zu nah an die Steilküstenkante gehen«, sagt der Vater, »sonst endest du wie die Frau.« Das Kind stellt sich die Frau vor, als die ein Kind war, sieht sie stolpern, sich überschlagen, die Beine brechen. Nie zu nah ran.

Auf den Vater freut sich das Kind, weil er lustig ist, herumspringt, weil er Ideen hat, gern mitspielt, weil er sich freut, wenn er sie sieht und trifft, »schön siehst du aus, mein Süßerchen«, sagt er und nimmt das Kind auf den Arm, wenn sie sich treffen.

Ja, das Kind hält zu ihm, in guten und in schlechten Zeiten, Hand in Hand, die kleine Hand des Kindes in der des Vaters, wandern sie zusammen am Strand entlang, er erzählt von Frauen, er kann nicht aufhören zu erzählen.

Nur abends und wenn die Stimme des Vaters durchs Nebenzimmer klingt, laut und explodierend, wenn er mit der Mutter streitet, dann hält sich das Kind die Ohren zu. Warum muss er nur so schreien, er schimpft, tobt, brüllt.

In ihrem Zimmer, auf einem Stuhl, der Vater sagt feierlich: »Komm mal her«, zieht das Kind auf seinen Schoß, hält es umklammert, drückt es, weint, redet anders, das Kind rührt sich nicht. Es schaut zur Tür, ob jemand kommt. Der Vater krümmt sich, klagt, dass es ihm schlecht geht, schimpft auf die Mutter. Dabei drückt er das Kind. Du bist mein Ein und Alles, er weint und vergräbt den Kopf an seinem Hals, dass es kitzelt. Das Kind will lieber vom Schoß weg, es windet sich. Das Kind hat Angst, was hat der Vater? Da ist die Tür, denkt das Kind, ich muss mal. Der Vater stößt das Kind plötzlich brüsk hinunter. Schnell, schnell, geh! Es rennt auf die Toilette. Nachher schaut es ins Toilettenbecken. Nie hat es das angesehen, es sieht aus wie eine Wurst, dunkel, gekrümmt. Das Kind ekelt sich davor.

Das Kind hat vor vielen Dingen Angst, ein richtiger Angsthase, sagt der Vater. Der Vater erzählt, er habe früher auch Angst gehabt, die hätte er aber überwunden, den inneren Schweinehund überwinden, sagt er. Vor Wasser hat er Angst gehabt, da hätte ihn sein Vater ins Tiefe hinabgeworfen, er sollte schwimmen lernen. Aber er hat es so doch nie gelernt, gibt er zu.

»Weißt du«, sagt der Vater, »mein Vater hat mich, als ich nach Hause kam, immer gleich wieder rausgeworfen: Wehr dich gegen die anderen, hat er gesagt, du bist ein Muttersöhnchen! Dann hat er mir noch einen Tritt gegeben.« Das Kind stellt sich den Vater als Kind vor und den Opa, wie er ihm einen Tritt gibt. Das war eine harte Schule, sagt der Vater. Das Kind findet, dass das gar keine richtige Schule war.

Morgens geht das Kind immer in den Kindergarten. Die Mutter bringt es hin, sie gehen zusammen. Der Kindergarten hat einen steinernen Hahn im Vorgarten, auf den das Kind gern klettert. Das Haus hat hellblaue Balkone, aber sie dürfen sie nie betreten. Die Kinder können von den Toilettenfenstern aus die Hochbahn beobachten. Silberbahn, Silberbahn, rufen sie. Hinter den Fenstern warten die Kinder auf ihre Mütter. Die Mütter kommen mit der Silberbahn, wenn sie die Kinder abholen.

Aber das Kind wird nicht von der Mutter abgeholt, denn die arbeitet länger als die anderen Mütter. Das Kind wird von Hanna abgeholt, einem Kindermädchen. Einmal soll der Vater kommen, da wartet das Kind viele Stunden. Ein anderes Mal auch. Das ist peinlich, weil alle anderen Kinder schon abgeholt sind. Da ist es besser, wenn wenigstens Hanna kommt. Die holt das Kind ab und macht zu Hause noch das Abendbrot. Hanna ist eine junge Frau mit Pferdeschwanz, das Kind darf manchmal ihre Haare kämmen. Später kommt die Mutter, dann bringt sie das Kind ins Bett. Sie wäscht es, hilft beim Zähneputzen und deckt das Bett auf. Das mag das Kind sehr. Es liegt dann im Bett und faltet die Hände zum Beten, die Mutter hält ihre Hände darüber, das ist der schönste Moment, wenn die Mutter mit ihren Händen die Hände des Kindes umfasst und eine

Geschichte erzählt. Die Geschichten der Mutter handeln von einem kleinen Hund. Er erlebt viele Abenteuer. Als du klein warst, wie war es da? Und die Mutter erzählt, wie sie und ihr kleiner Freund Friedhelm sich heimlich von Fenster zu Fenster etwas zugerufen haben, und wie sie später mit dem Boot in den Sonnenuntergang gepaddelt ist ...

»Und wie weiter? Erzähl, erzähl!«

Die Mutter sagt: »Wir müssen mal rausgehen.« Und dann geht das Kind mit ihr raus. Die Mutter ist zu Hause oft nicht richtig fröhlich, eher traurig. Draußen lacht sie immer gern mit Männern, die sie ansprechen. Die Mutter freut sich, wenn Männer sich für sie interessieren. Die Mutter erzählt dem Kind keine Geheimnisse, sie hat aber Geheimnisse, oft redet sie leise am Telefon, und wenn das Kind ins Zimmer kommt, stockt sie oder wechselt ins Englische. Oft ist sie erschöpft, denn sie muss in ihrer Firma lange arbeiten, bis abends, dann muss sie noch einkaufen, dann schnell nach Hause, weil sie zu dem Kind muss.

Der Vater verspricht dem Kind immer viel, gleich nächste Woche will er wiederkommen, doch er hält seine Versprechungen nicht. Das Kind nimmt sich vor, wenn es groß ist, wird es nur versprechen, was es auch halten kann. Aber der Vater hat so viel zu tun mit seiner Zeitung. Er muss herumreisen und dies und das erledigen. Er kommt sicher bald wieder, tröstet die Mutter. Die Oma sagt: Dein Vater könnte auch mal wieder kommen. Die Tanten sagen: Dein Vater kommt wohl gar nicht mehr.

Später hört das Kind die Mutter am Telefon mit dem Vater schimpfen: »Wann besuchst du deine Tochter mal wieder? Warum besuchst du sie nicht mehr?«

Das Kind möchte so gern, dass die Eltern sich wieder vertragen. Aber wenn der Vater es nach Hause bringt, will es allein hochgehen, will nicht, dass er mitkommt. Oft macht er es doch, und immer gibt es dann Streit, und dann hört das Kind seine Stimme wieder so schrecklich laut und unheimlich durch die Wand.

Später führen sie einen Papitag ein, es ist der Mittwoch. Das Kind wartet immer voller Vorfreude auf ihn, oft kommt er zu spät. Viele Stunden wartet das Kind auf ihn, viele Tage, immer wieder. So lange, bis es sich fast nicht mehr freuen kann. Dann ist er plötzlich doch da, springt herbei, umarmt das Kind, ruft: »Komm, wir machen was Schönes.« Spiel, Lachen, Batschen, hinter anderen Autos herjagen, Mädchen angucken.

»Wir müssen unser Leben jetzt genießen, später ist keine Zeit mehr«, sagt der Vater.

Überall, wo sie langfahren, sucht ihr Vater nach schönen Frauen. Er sagt, er könne sie alle haben. Dazu breitet er die Arme aus und freut sich. Der Vater erzählt dem Kind, wie man eine Frau küsst oder wie man sie erobert. Wenn er aus dem Autofenster Mädchen hinterherpfeift, schämt sich das Kind. Der Vater erklärt, welche Frauen er schön und welche er hässlich findet. Wenn er eine schöne Frau sieht, hält er gleich das Auto an und hupt, so dass die sich umdreht. »Wie fandest du die?«, fragt er. »Wichtig sind die Beine, sie müssen schlank und wohlgeformt sein, die Knie nicht breiter als die Waden und nicht so dick wie bei deiner Mutter. Und die Haut, sie muss weich sein, jung, zart, noch nicht so verschrumpelt.«

Das Kind mag nicht, wenn der Vater schlecht über die Mutter redet. Das kommt nicht mehr aus dem Kopf.

Der Vater erklärt dem Kind auch, wie Lippen aussehen müssen, breit, immer ein klein wenig geöffnet; wie schmollend. Er behauptet, dass die Lippen erst durch Küssen schön würden. Eine Frau muss gut geküsst werden, man muss es gut machen, viele machen es nicht gut, doch wenn man es gut macht, langsam, vorsichtig, dann würden die Lippen der Frau aufblühen, sie würden rot, voll und schön und sinnlich. Das Kind weiß nicht, was sinnlich heißt. Danach schaut sich das Kind im Spiegel an. Die schmalen Lippen können sich doch nicht später noch verändern, wie soll das denn gehen?

Frauen mit dunklen Haaren mag ihr Vater besonders, sie

sind nicht so kalt wie die Blonden. Ihr Vater sagt auch, er müsse immer braun sein. Im Sommer geht er jede freie Minute in die Sonne, im Winter nimmt er Höhensonne, sonst sähe er scheiße aus. Wir Blonden, sagt der Vater verschwörerisch, müssen immer was für unseren Teint tun. Das Wort Teint kennt das Kind schon von der Mutter. Sie habe einen zu blassen Teint, deshalb müsse sie sich schminken, sagt sie immer und malt sich die Augenbrauen dunkel. Der Vater nennt die dunklen Frauen, die er liebt, rassig.

Wenn der Vater böse ist, redet er von Nutten, das ist ein Wort, das dem Kind Angst macht. Wenn der Vater gute Laune hat, dann schwärmt er, lacht, singt und tanzt, er tobt, er läuft, er kann wie ein Kind sein. Aber wenn er wütend ist, und er wird schnell wütend, dann redet er schlecht über alle.

Die Worte des Vaters klingen dem Kind immer wieder in den Ohren. »Es ist wie ein Sport«, erklärt der Vater, »eine Frau ins Bett zu bekommen ist das Größte, danach muss man sehen, wie man sie wieder loswird. Es geht ums Erobern, das Erobern macht am meisten Spaß.« Da im Bett macht man dann etwas, das nennt der Vater dingsen, seine Stimme klingt geheimnisvoll. Sie ziehen sich aus und gehen unter eine gemeinsame Decke. Dem Kind tun die Frauen leid, die der Vater schnell wieder loswerden will.

Der Vater schläft schlecht, er braucht viele Tabletten, um einzuschlafen, eine ganze Packung liegt immer auf seinem Nachttisch, wenn sie zusammen verreisen, neben Ohropax und einer dunklen Binde für die Augen.

Wenn der Vater wütend ist, weil ihm was schiefgegangen ist oder weil man was Falsches gesagt hat, ihn gestört hat, ihn morgens zu früh geweckt hat, zu langsam gelaufen ist, dann kann er gemein sein, dann muss man still sein, nichts sagen. Kurz darauf hat er wieder gute Laune, dann ist das vergessen, dann ist er nett und lustig, als wäre nichts gewesen.

Manchmal tobt der Vater auch bei Tisch herum und brüllt von Tischsitten, während ihm selbst das Essen aufs

Hemd kleckert. Man muss gerade sitzen und wird drohend angeschaut, wie man die Löffel hält und die Kartoffeln zerdrückt. Das Kind traut sich dann weder zu reden noch zu lachen, es fühlt sich klein.

Eine geschiedene Frau besucht man nicht, sagt die Mutter. Deshalb muss sie rausgehen, wenn sie jemanden treffen will. Zu Hause lebt nur das Kind. Das Leben mit einem Kind ist anstrengend, deshalb sucht die Mutter wieder nach einem Mann. Eine Frau braucht einen Mann, sagt sie, nur dann nimmt man sie ernst. Im Urlaub, wenn da Männer sind, freut sich die Mutter, doch hat sie immer Sorge, ob sie auch hübsch genug aussieht, sie zupft sich die Haare zurecht, schaut sich im Glas an, schminkt sich im Handspiegel. Oft fragt sie das Kind, ob sie hübsch genug aussähe. Na klar, sagt das Kind, weil es die Mutter hübsch findet.

Manchmal macht der Vater einen Ausflug mit dem Kind. Wenn sie gemeinsam Auto fahren, freut sich das Kind, und der Vater freut sich auch, und dabei haut er es gern so ein bisschen zur Begrüßung, er nennt das batschen. Es sind kleine Schläge auf die Wangen und die Oberschenkel. Er mag das gern, aber das Kind nicht, weil er es immer doller macht. »Das kann doch gar nicht weh tun«, behauptet der Vater. Tut es aber. Dabei sagt er, dass sie so eine schöne Haut habe, sie solle immer auf ihre Haut achten. »Haut heißt Haut, weil man darauf haut«, sagt er und lacht. Nur die Haut von Babys sei richtig weich, die sei das Sinnlichste, was er kenne. Nur bis zum 13. Lebensjahr sei die Haut wirklich schön.

»Hat deine Mutter einen Freund?«, fragt der Vater plötzlich. »Ich weiß nicht«, sagt das Kind. Die Mutter geht oft abends weg, da hat sie vielleicht einen Freund. Das Kind mag nicht, dass der Vater das fragt. »Deine Mutter hat einen neuen Freund, ich weiß es«, sagt der Vater. »Deine Mutter ist eine Schlampe, sie taut nie den Kühlschrank ab und sie geht mit jedem ins Bett.« Das Kind versucht wegzuhören, wenn der Vater schlecht über die Mutter redet. Es ist, als sei die Mutter da und höre heimlich zu, ob das Kind sie auch verteidigt. Aber das Kind sagt nichts, sondern wartet nur, bis der Vater das Thema wechselt. Zu Hause sagt das Kind zur Mutter, sie solle den Kühlschrank mal wieder abtauen. Das kommt einfach aus dem Mund. Ja, denkt das Kind, sie hat wohl einen Freund. Aber ich soll ihn nicht kennenlernen. Sie hat vor mir Heimlichkeiten. Das Kind fühlt sich ausgeschlossen, denn die Mutter will mit dem Freund in Ruhe gelassen werden. Die Mutter hat vielleicht Angst, dass der Freund sonst wieder geht.

Die Mutter erklärt dem Kind, dass sie alles anders machen wolle, als sie selbst es erlebt hatte. Ihre Eltern seien streng gewesen, sie hätten ihr viel verboten. Einmal habe man sie zu zweit festhalten müssen, so hätte sie geschrien und gezappelt, als man ihr Spinat einfütterte. Das alles wollte sie mit ihrem Kind anders machen.

Kommt die Mutter abends nach Hause, freut sich das Kind. Doch die Mutter sagt dann oft, geh mal kurz raus, ich muss telefonieren. Sie macht dann eine Handbewegung, geh in dein Zimmer, spielen. Wenn die Tanten da sind, freut sich das Kind, doch die Mutter muss viel allein mit ihnen sprechen, sie ziehen sich ins Wohnzimmer zurück und tun geheimnisvoll, und manchmal hört das Kind die Mutter weinen. Durch die Wand hört das Kind ihre aufgeregten Stimmen. Vielleicht hat sie einen Freund, mit dem sie Probleme hat, denkt das Kind. Wenn ich jetzt einen Bruder hätte, dann wären wir zu zweit.

Der Vater verspricht für mittwochs immer ganz viel, dass sie zusammen wegfahren, in den Wald, an den Strand, dass sie in die Harburger Berge fahren oder nach Travemünde. Doch er kommt noch immer viel später, als er versprochen hat, weil er in der Firma zu tun hat. Manchmal kommt er einfach nicht. Es ist anstrengend zu warten, die Zeit vergeht nicht. Abends ruft er an, dass er es leider nicht geschafft hat. Das Kind hat die ganze Zeit über am Fenster gesessen und nach ihm Ausschau gehalten. Wenn er anruft, dass er nicht mehr kommt, ist die Mutter sauer. Doch das Kind ist erleichtert. Das Warten ist schlimmer. Das Kind hasst das Warten. Jeden Tag auf die Mutter, abends oder nachts, dass sie endlich kommt, oder nachmittags am U-Bahnhof Dehnhaide. Da kommen andere Leute, und alle Leute schaut das Kind schon von weit weg genau an, ob es vielleicht die Mutter, der Vater ist, aber es sind andere. Und doch kann das Kind nicht aufhören, auf die Straße oder den Bahnhof zu schauen. Das Kind schaut auch auf die Uhr, am Bahnhof und im Wohnzimmer. Die Zeiger gehen langsam von Sekunde zu Sekunde und das Kind starrt darauf, wie sie nicht vorrücken wollen. Es hat immer Angst, den glücklichen Moment zu verpassen, wo es die Mutter oder den Vater von Weitem sehen kann.

Das Kind kümmert sich gern um andere. Dem Nachbarsjungen, der immer geschlagen wird, sagt es, er soll fragen, warum. Doch der meint, das nütze nichts. Der Zahnarzt verprügelt jeden Abend seine Kinder. Wir müssen da rübergehen, der darf doch nicht dauernd seine Kinder verprügeln, denkt das Kind. Doch niemand traut sich zu dem Zahnarzt hoch.

Das Kind hört die Erwachsenen vom Krieg zwischen Indien und Pakistan reden. Es weiß nicht, wo Indien und Pakistan sind, hat aber Angst vor dem Krieg. Es sieht auf Fotos Kinder neben dem Feuer und stellt sich vor, wie es denen geht. Wenn Menschen verbrennen, ist das furchtbar. Das Kind wünscht sich, dass das aufhöre. Am schlimmsten ist der Krieg, die Erwachsenen reden oft davon, von früher, dort sind Bomben gefallen, und die Mutter ist mit ihrem kleinen Bruder in einen Hauseingang gerannt, und dann hat es sie nicht getroffen, was ein großes Glück war. Das Kind hat große Angst vor Feuer. Es will nicht nachts in einem Haus verbrennen.

Das Kind teilt die Menschen und Dinge in der Welt in gerecht und ungerecht ein. Es denkt viel nach, weil es viel Zeit hat. Das Kind findet ungerecht, dass der Vater die Mutter mit allem alleine lässt, ungerecht aber auch, dass die Mutter das Kind anmeckert. Dass die Kinder im Kindergarten aufessen müssen, ist auch ungerecht. Ungerecht ist auch, dass Erwachsene finden, dass Kinder nie recht haben dürfen, dass Kinder Mittagsschlaf machen müssen, dass viele Erwachsene oft missmutig und meckerig sind.

Das Kind denkt auch über die Märchen nach, die man ihm vorliest. Dem Däumeling geschieht etwas Schlimmes, nachher bekommt er doch recht. In Märchen geschieht Kindern sehr oft Schlimmes. Immer sind es die Kleinsten, Jüngsten oder Ärmsten. Die werden ungerecht behandelt, können sich aber manchmal herauskämpfen. Eine Prüfung müssen sie bestehen, etwas Großes tun, einen Drachen besiegen. Und wenn sie das geschafft haben, geht es manchmal wieder gerecht zu. Man soll stark, aber nicht eigenwillig sein. Im *Eigensinnigen Kind* wird das Kind, weil es so eigensinnig ist, vom lieben Gott erst krank gemacht, dann sterben gelassen, weil es besser für das Kind ist, tot zu sein. Das Kind streckt ein Ärmchen aus dem Grab und die Mutter muss erst viele Male mit der Rute auf das Ärmchen einschlagen, bis es Ruhe gibt. Hände begucken gibt Ärger, sagen die Erwachsenen, und das Kind hat Angst, seine Hände anzuschauen. Wenn die Erwachsenen mit dem Kind unzufrieden sind, dann sagen sie, es habe wohl einen Bock und müsse vor die Tür.

Der Vater nimmt sie manchmal mit in seine Firma. In der Firma darf das Kind mit dicken Filzstiften auf einem hellen Tisch malen, der von unten beleuchtet ist. Es ist ein düsteres Haus mit einem Treppenschacht, der in eine dunkle Tiefe führt. »Da kann man reinfallen«, sagt ihr Vater, »pass nur auf.« In der Firma riecht es nach Papier. Es stehen überall mit Schnüren zusammengebundene Zeitungsstapel. Der Vater spricht aufgeregt, es drohen Gefahren, man müsse aufpassen, sagt er. Leute sind auch da, sie sprechen durcheinander. »Schau hier«, sagt er und zeigt dem Kind Fotos und ausgeschnittene Buchstaben, die zu Überschriften zusammengeklebt sind, »man muss es so machen, dass die Leute weiterlesen wollen, erst ganz dicke Überschriften, dann etwas kleinere und Fotos, Bilder, Gedichte.« Das Kind will später auch mal eine Zeitung machen wie der Vater. »Ich bin der Chef«, sagt er, »ein Chef macht alle Überschriften. Dann leite ich die Artikel ein, damit sie sich besser lesen, und ich bestimme, was reinkommt. Das muss ein Chef, ein Chef muss bestimmen, was reinkommt.« Er zeigt seine Zeitung, in dicken Buchstaben steht der Titel vorne auf dem Deckblatt. Das Kind schaut sich die Bilder an. Es sind viele Fotos drin. »Meine Zeitung ist was Besonderes«, sagt er, »die habe ich ganz allein hochgebracht.«

Beim Autofahren singt der Vater oft Lieder aus dem Krieg. »Marmeladeneimer« ist der Kehrreim, den das Kind immer mitsingen soll. So haben sie es damals gesungen, auf den Märschen, mit viel Gepäck, damit man bei Laune bliebe. »Ich habe aber nicht geschossen«, sagt der Vater. »Ich sollte mal eine Brücke bewachen und auf jeden schießen, der da kommt. Als dann tatsächlich jemand kam, hab ich mich einfach umgedreht.«

Der Vater schießt gern auf dem Jahrmarkt, das kann er gut, er schießt auf dem Hamburger Dom eine Blume und schenkt sie dem Kind. Eine Blume aus Plastik, von einer weißen Stange. Das Kind darf auch mal schießen. »Es hat mir immer gutgetan, dass ich ein Feigling war«, sagt der Vater. »Die anderen, die sich freiwillig gemeldet haben, als Flieger, sind alle nicht zurückgekommen. Der Lehrer hat gefragt, ist hier etwa jemand, der ein Feigling ist und nicht mit will? Da bin ich vorgetreten. Alle haben gelacht, aber ich bin vorgetreten, ich wollte nicht sterben. Und die gelacht haben, sind nachher alle nicht zurückgekommen.«

In der Firma, wo der Vater der Chef ist, gibt es oft Ärger. Dann quengelt das Kind, es läuft herum und lässt die Erwachsenen nicht in Ruhe, denn es langweilt sich, wenn die Erwachsenen reden. »Wollen wir nicht lieber ins Kino gehen oder in die Harburger Berge oder auf dem Waldspielplatz schaukeln?«, fragt das Kind. Der Vater sagt dann:

»Warte noch, gleich…« Das zieht sich hin, am Ende ist die Zeit vorbei, dann sagt er: »Nächstes Mal machen wir was Schönes, bestimmt.« Der Vater tut dem Kind leid. Immer hat er Sorgen, immer ist er beschäftigt.

Manchmal gehen sie in ein Kino, der Vater kann da dann zwischendurch rausgehen, telefonieren. Manchmal kommt er erst wieder rein, wenn der Film aus ist. Dann essen sie noch ein Eis zusammen.

Morgens müssen die Mutter und das Kind oft sehr schnell gehen. Die Mutter muss auch in eine Firma, dort ist sie erst Sekretärin, später dann Redakteurin, dort hat sie einen Chef. Die Mutter schimpft oft über ihn. Oft beschwert sie sich am Telefon, wie gemein er wieder war und wie ungerecht und manchmal weint sie sogar. Sie arbeitet bei einer Frauenzeitung.

Einmal hat das Kind einen Traum, wo es in einem Backofen verbrennt und ganz viel Feuer da ist und Blut aus ihm herausläuft. Die Mutter sagt, das ist nur ein Traum, den soll es vergessen. »Schnell«, sagt die Mutter, »ich muss in die Firma.« Das Kind hat Angst vor dem Traum und vor dem Feuer.

Wenn die Mutter am Abend kommt, ist sie mit vielen Taschen beladen. »Ich war noch in der Mönckebergstraße«, sagt sie dann. Das Kind liegt meist schon im Bett. Da geht die Mutter ins Bad und macht sich schön und schimpft über den Friseur, der ihr die Haare zu kurz geschnitten hat. »Der Wind«, sagt die Mutter, »er macht mir die Frisur kaputt.« Die Mutter findet, dass sie zu dünne Haare hat, und deshalb toupiert sie sie auf dem Hinterkopf hoch.

Die Mutter hat Angst, dass das Kind später nicht schön sein wird, auch zu dünne Haare hat und auch ein viel zu rundes Gesicht und auch keine schöne Haarfarbe bekommt. Schöner wäre sie, wenn sie Locken hätte, aber Locken hat sie nicht. Die Mutter bewundert alle, die dicke, lockige Haare haben. Oft befühlt sie an Kindergeburtstagen die Zöpfe von anderen Kindern und sagt, wie schöne dicke Haare die doch hätten. Sie hat das Kind aber trotzdem lieb, sie hofft, dass sich das noch verwächst. Ein Mädchen muss schön sein. Dann ist es leichter im Leben. Nicht nur, einen guten Mann zu finden. Die Tochter möchte gern lange Haare haben, aber die Mutter sagt zu ihr, nein, die Haare müssen abgeschnitten werden, so werden sie dicker.

Die Mutter bewundert Frauen, wie der Vater. Sie findet, dass die meisten Männer wunderschöne Frauen haben. »Ist das eine schöne Frau, sieh mal«, flüstert sie dem Kind zu. Manche sind von alleine schön, die brauchen keine Schminke. Doch die Mutter denkt, sie könne nur mit Schminke und mit schönen Kleidern, und wenn die Beleuchtung vorteilhaft ist, schön aussehen. Das Kind findet das falsch. Sie soll doch so gehen, wie sie ist, sagt es. Die Mutter meint, das Kind verstehe davon nichts.

Einmal sind die Mutter und das Kind eingeladen zu vielen Leuten an eine weiß gedeckte Tafel. Da muss das Kind lange sitzen und die Erwachsenen reden. Da zupft das Kind am Tischtuch, oder kippelt, auch sitzt es beim Essen nicht, wie man sitzen soll, und isst nicht, wie man essen soll, und redet zu laut, wenn es redet, und quengelt. Da zischt die Mutter ihm zu: »Na warte«, und das soll heißen: Wenn wir erst zu Hause sind!

Das Kind mag diese schrecklichen zwei Worte nicht hören: Na warte! Dann soll die Mutter sie lieber gleich hauen. Darauf zu warten, und man weiß nicht, was kommt, ist schlimmer. »Das macht man nicht«, sagt die Mutter, wenn das Kind etwas falsch gemacht hat.

Manchmal am Wochenende schlüpft das Kind bei der Mutter unter die Bettdecke, wo es warm und gemütlich ist. Samstags gibt es Hering in Sahnesauce, da bekommt das Kind einen Bismarckhering und die Mutter einen Matjeshering. Für das Sonntagsessen kocht die Mutter Rinderrouladen mit Rotkohl oder Leber mit Kartoffelbrei oder Bratwurst mit Kartoffeln. Nach dem Mittagessen muss das Kind ins Bett, und die Mutter liest in ihrem Wohnzimmer Zeitung. Danach gehen sie zusammen am Kanal spazieren.

Eines Tages sagt die Mutter zu ihr: »Jetzt bist du schon fünf, eine ganze Hand voll«, und lässt das Kind die Finger einer Hand abzählen. »Bald kommst du in die Schule.«

Nach dem Ins-Bett-Bringen schaut das Kind jeden Abend zum gelb erleuchteten Glasfenster in der Kinderzimmertür, es hat Angst, dass es dahinter plötzlich dunkel wird. Dann schaut sie auch zu den Lichtern aus den gegenüberliegenden Wohnungen. Da sieht man viele Menschen in ihren Wohnungen herumlaufen und wie sie an Tischen sitzen und die Gardinen auf- und zuziehen. Das gefällt dem Kind.

Einmal ist etwas Schlimmes passiert, das Kind weiß gar nicht, was es getan hat. Die Mutter schreit, dass das Kind unmöglich sei. Ungezogen sei es und unverschämt und überhaupt ein ganz schlimmes Kind. Die Mutter ist überfordert, sie ruft den Vater an: »Ich kann nicht mehr«, sagt sie, »das Kind ist zu widerspenstig.«

Die Mutter sagt zum Kind: »Warte nur, jetzt kommt dein Vater!« Und tatsächlich, da kommt der Vater, ganz schnell ist er da, viel schneller als sonst. Das Kind will sich schon freuen. Doch die Mutter nimmt den Vater beiseite, sagt, er solle das Kind bestrafen, mit dem Stock. Eigentlich wollten die Eltern das Kind nie schlagen, weil sie selbst von ihren Eltern geschlagen wurden. Doch diesmal geht es nicht anders, sagt die Mutter. »Ich werde mit dem Kind nicht fertig, sie tanzt mir auf der Nase rum«, klagt sie.

Der Vater geht in das Kinderzimmer. Er sagt zu dem Kind, dass es nun wohl mal den Stock holen müsse, der hinter dem Schrank da hinten. Voller Angst geht das Kind, holt den Stock, ein dünner, harter gelber Bambusstock. Der Vater, der das Kind mit dem Stock schlagen soll, zögert noch. Dann lächelt er, probiert erst den Stock aus, wie er durch die Luft saust, das zischt so gut. Der Vater sieht das Kind an, fragt es nach dem Grund für die Strafe. Das Kind weiß es nicht. Es zittert. »Zieh dich aus!«, sagt der Vater. Schläge muss man immer auf den nackten Po geben, weil es sonst nicht hilft. Haut heißt Haut, weil man darauf haut. Er wippt in den Knien und schlägt den Stock leicht in seine geöffnete Hand. Das Kind bleibt nackt vor ihm stehen. Der Vater zeigt auf den Kinderzimmertisch. Das Kind legt sich hin, auf den kalten Tisch. Die Hiebe sind scharf und schneidend. Sie beginnen am Po und kommen hinten im Hals an. Das Kind schreit.

Maikäfer flieg, dein Vater ist im Krieg, dein Vater ist in Pommernland, Pommernland ist abgebrannt, Maikäfer flieg. So singen die Kinder auf dem Hof. Die Erwachsenen reden immer vom Krieg. Der Krieg, die Toten, die Flucht, die Bomben und wie schlimm all das war. Sie wollen nun vor alldem ihre Ruhe haben, deshalb müssen die Kinder leise sein. Auf dem Hof sind sie zu laut, da meckert der Nachbar aus dem dritten Stock, aber auch andere Erwachsene reißen plötzlich die Fenster auf und brüllen, wenn die Kinder spielen.

Beim Essen im Kindergarten, wo Ruhe herrschen muss, passen die Erzieherinnen genauestens auf, selbst flüstern ist verboten. Im Restaurant oder bei Fremden und in der U-Bahn hat die Mutter immer Angst, dass das Kind stört, überall verlangen die Erwachsenen grimmig nach Ruhe, muss das Kind auf der Hut sein. Nichts falsch machen, nicht zu wild spielen, niemals laut lachen. Dabei lacht das Kind so gerne laut.

Die Mutter steht vor dem Spiegel im Badezimmer. An diesem Abend hat sie ein neues rosafarbenes Kleid an, dessen eine Hälfte aus Seide, die andere aus Samt ist. Es fühlt sich wunderbar an. Es glänzt und leuchtet. Das Kind kuschelt sich darin ein. »Wohin gehst du?«, fragt es und schmiegt seinen Kopf in den Stoff. Die Mutter schaut in den Spiegel und malt die Augenlider an. »Ich bin eingeladen, von der Firma aus.« Die Mutter nimmt eine Kette. »Steht mir die?«, fragt sie.

»Ja«, sagt das Kind.

»Bleib bitte hier!«, bettelt das Kind, es hält das Kleid der Mutter fest.

»Zerreiß es nicht!«, ruft die Mutter und dreht sich vom Kind weg. »Warum soll ich nicht weggehen«, ruft sie und es klingt traurig, »habe ich kein Recht dazu? Deinen Vater fragst du nicht, wenn er weggehen will, er darf immer.« Das stimmt, das weiß das Kind schon.

Das Kind schweigt, wird nun traurig. Es riecht an dem Kleid. Es ist wie das Kleid einer Königin.

»Bin schon zu spät«, sagt die Mutter.

»Nicht«, bittet das Kind.

»Ich geh, wann ich will«, ruft die Mutter, »das hast du mir nicht vorzuschreiben!«

»Anja! Sieh mal, ich hab dir was mitgebracht!«

Das Kind schaut aus dem Bett auf. Die Mutter kommt auf sie zu, umarmt sie. Sie gibt dem Kind einen Pullover. »Hier, einen schönen Pullover hab ich dir mitgebracht.« Das Kind nimmt den Pullover, er ist grün-schwarz gestreift, es befühlt ihn, blickt die Mutter aufmerksam an. »Zieh ihn an, ich will mal sehen, wie er dir steht!«, drängelt die Mutter.

»Gehst du wieder?«, fragt das Kind

»Ja, aber erst nachher.«

Irgendwann zieht Luise, die jüngere Schwester ihrer Mutter, in das kleine Zimmer in der Wohnung ein, das Fenster geht zur Straße hin. Sie sitzt über ihre Bücher gebeugt. Einmal sitzen sie nachts zusammen im Zimmer und warten auf die Mutter, die schon längst da sein wollte. Aber die Mutter kommt nicht. Das ist nicht so schlimm, sagt das Kind. Aber Luise findet das schlimm, sie regt sich auf, denn sie hat am nächsten Morgen eine Prüfung. Es ist dem Kind peinlich, dass die Mutter die Tante verärgert. Sie sitzen lange zusammen am Fensterbrett, erzählen sich was und schauen gemeinsam auf die leere Straße. Das Kind fühlt sich beim Warten ganz anders als sonst, ruhiger. Dann wird es hell. Endlich kommt die Mutter. Die Tante macht ihr Vorwürfe, dem Kind tut die Mutter leid. Sie ist allein, denkt das Kind, sie sucht doch einen Mann.

Manchmal bringt die Mutter einen Mann mit nach Hause. Die Mutter tut dann sehr geheimnisvoll. Sie versucht, leise zu sein. Sie sitzen bei flackerndem Kerzenschein. Frühmorgens klappt dann die Haustür, da geht der Mann. Das Kind findet es gut, wenn die Mutter mit einem Mann da ist, dann ist es nicht allein in der Wohnung. Dann ist sicher, dass die Mutter nicht mehr weggeht.

An manchen Abenden kommt einer vorbei, den sie Onkel Egon nennen. Das Kind soll lieb sein, die Hand geben und dann schnell wieder ins Bett. Es wird dazu extra reingeholt, und die Mutter sagt zu Onkel Egon, dass er doch einen Zaubertrick vorführen solle, das möge das Kind so gerne. Der macht das dann, und das Kind nickt brav dazu. Dann sagt der Onkel, dass es nun Zeit für das Bettgehen wäre. Doch das Kind will, dass die Mutter es ins Bett bringt. Der Onkel murrt und findet das lästig. Die Mutter sagt zu dem Kind, es solle allein gehen.

»Der will auch nur das eine«, sagt es später zur Mutter.

»Du altkluge Göre«, schimpft die Mutter, »was fällt dir denn ein?«

Später einmal sind die Mutter und sie in einem Lokal, die Mutter schaut sich um, holt einen Spiegel heraus und richtet ihre Haare. Sie schaut nochmals sich um und lacht unsicher. Hinten sitzt eine Gruppe Männer, die prosten ihr zu. Ein Mann löst sich von der Gruppe und kommt näher. Als der Mann an den Tisch tritt, wird die Mutter verlegen, dann sagt sie ihren Namen und ein viel jüngeres Alter. Am Ende deutet sie auf das Kind und sagt: »Das ist meine kleine Schwester.«

Wäre ich nur weg, denkt das Kind, das wäre gut für die Mutter. Sie hätte dann Ruhe und könnte machen, was sie wollte und müsste nicht zu Hause bleiben.

Oft ist das Kind krank. Mandelentzündung. Dann macht die Mutter morgens das blaue Sofa im Wohnzimmer zurecht, und das Kind kriegt das Essen ans Bett gestellt. Vormittags hört das Kind im Radio Schulfunk, und danach legt es sich Kinderlieder und Märchenplatten auf. Es liegt auf hohen Kissen und schaut sich Bilderbücher an. Und die Mutter kommt an solch paradiesischen Tagen früher nach Hause.

Abends kann das Kind oft nicht einschlafen. Der Bauch tut weh, es steht noch mal auf, geht ins Bad. »Mir ist schlecht«, sagt das Kind. Die Mutter kommt dann und hält die Stirn, wenn es sich über der Kloschüssel erbricht. Das ist ein gutes Gefühl.

Wie im Paradies ist es auch, wenn das Kind seine Oma besuchen darf. Dazu fährt es mit der Mutter zusammen im Zug nach Stade. Die Oma hat immer lustige Einfälle und kann witzige Geschichten auf Ostpreußisch erzählen. Das Kind lacht dort viel, zusammen mit Oma Erna und Tante Gertrud. Ihre Tanten sind auch oft da, die helfen dann immer im Haushalt. Die Mutter bleibt nie lange, fährt bald wieder weg, das Kind bleibt. Das ist aber nicht schlimm, bei der Oma fühlt sich das Kind nicht allein. Die Oma hat immer viel Zeit, sie kochen zusammen und lachen und erzählen. Oma Erna wohnt in einem alten hohen Haus mit einer Holzbalkenfassade, in der Kirchhofstraße in Stade. Dort gibt es eine alte Zinkbadewanne auf dem Boden, da baden sie das Kind. Und manchmal, wenn es Fieber hat, wird das Kind von Tante Gertrud und Oma Erna in viele Laken eingewickelt und muss im Bett unter drei Federbetten schwitzen. Das ist anstrengend, aber da fühlt sich das Kind gut aufgehoben.

Oma Erna liegt manchmal schon am Tag im Bett, denn sie hat Migräne. Sie liegt dann im dunklen Zimmer und will allein sein. Oma Erna wohnt mit Tante Gertrud, ihrer Schwester, zusammen und hat noch Fritz und Walther bei sich, ihre jüngsten Kinder. Die essen immer zu wenig, findet die Großmutter, und abends gehen sie oft noch weg.

An Hand der Oma Erna macht das Kind in Stade lange Spaziergänge in die Wiesen. Dort grasen sogar Kühe, man kann von weit weg den Stader Kirchturm sehen. Die Oma unterhält sich mit dem Kind wie mit einer Erwachsenen, während sie dort wandern. Sie erzählt von den Dingen des Lebens und der Natur und erklärt ihr die Sternzeichen und dass Gott sei Dank nun endlich Frieden sei.

Oma Erna erzählt auch von der Flucht, und wie sie mit sieben Röcken übereinander, mit sechs Kindern, der Omama, dem Opapa und der Tante Gertrud geflüchtet seien vor dem Krieg. Und das Kind sieht riesige Rauchwolken vor sich und brennende Häuser.

»Komm, hilf mir«, sagt sie, wenn sie auf dem Friedhof ankommen, zu dem sie oft durch die Wiesen wandern, »du bist jetzt schon groß.« Und das Kind darf mithelfen bei der Gartenarbeit, darf die Harke holen und das Wasser, und darf kleine Blümchen pflanzen und mit der großen Harke harken und die Blumen gießen.

Oma Erna kocht einen weißen Pudding mit Eischnee und Kirschen. Den stellt sie zum Abkühlen oben auf den Küchenschrank. Dort stehen Weihnachten die Keksdosen, gefüllt mit Lebkuchen. Kuchen wird in einer großen braunen Schüssel angerührt, und der Braten im Ofen muss gut bewacht und gewendet und mit Wasser begossen werden. Das Kind darf bei allem helfen. Das Essen nehmen sie an einem riesigen Tisch im Wohnzimmer ein. Dort sitzen sie dann alle. Die beiden Tanten, die beiden Onkel, die noch zur Schule gehen, Tante Gertrud, ihre Oma und sie.

»Du bist gut«, sagt die Oma und streichelt dem Kind über den Kopf. Das Kind liebt es, wenn die Oma so zu ihr ist. Im Wohnzimmer tickt eine dunkelbraune Wanduhr und schlägt jede Viertelstunde. Das Kind hört dem Schlagen der Uhr gerne zu, wenn alle ausruhen und man im Wohnzimmer auf dem Sofa liegen darf.

Vor Opa Heinrich, dem Vater ihrer Mutter, hat das Kind Angst gehabt, solange er noch lebte. Er war nicht oft da, denn er musste in seiner »Kanzlei« arbeiten. Er habe eine Anwaltskanzlei, hieß es, gleich neben der Regierung, darüber wurde mit Ehrfurcht gesprochen. Er sei außerdem ein

Regierungspräsident, sagten sie, und das stellte sich das Kind wie einen Fürst oder einen König vor. Davon erzählte er nie, das war sein Geheimnis. Wenn er sich über einen beugte, war er riesig, er hatte ein großes, rundes rotes Gesicht, das noch roter wurde, wenn er brüllte. Er war herzkrank, sagten die Erwachsenen. Eines Tages war er tot. Wenn das Kind in Stade ist, darf es von da an in seinem verwaisten Bett schlafen, gleich neben der Oma.

Bei Oma Erna bekommt das Kind *Max und Moritz* vorgelesen, das kann es schon auswendig, die Oma ist stolz darauf und zeigt den Tanten, wie das Kind den Text auf jeder Seite passend zu den Bildern hersagen kann und auch das ganze Buch von Wilhelm Busch Seite für Seite auswendig weiß, ganz so, als lese es. Darauf ist das Kind mächtig stolz. Doch vor manchen Bildern hat das Kind Angst, die überschlägt es dann lieber. Dem Lehrer Lämpel explodiert die Pfeife, und er sieht ganz verkohlt aus, oder wo die Hühner an den Bändern über der Stange baumeln. Es mag auch nicht, wenn im Märchen dem Wolf der Bauch aufgeschnitten wird, und wenn das Mädchen zur Strafe mit heißem Pech übergossen wird. Die Oma spricht sehr oft davon, dass man brav sein muss, und von Jesus, der das Gute unter die Menschen hatte bringen wollen, aber die Menschen hätten es nicht verdient, weil sie schlecht seien.

Das Kind will schnell erwachsen sein, es ist nicht gern Kind. Kind sein heißt allein sein, schuld sein, essen müssen, schlafen müssen, brav sein müssen. Kind sein heißt, sich nicht wehren zu können. Ganz schnell will es groß sein, nur endlich groß sein.

Im Kindergarten müssen sie eine geschwungene Treppe hinaufgehen, oben herrscht Gewimmel. Meist spielen sie mit Knetgummi an Tischen und malen mit Wachsmalstiften, um die Zeit herumzukriegen. Zum Schlafen werden Betten herausgeholt, dann muss man leise sein und wird immer wieder angemeckert.

»Wenn jemand nicht essen will, müssen wir ihn wohl füttern«, sagt die Erzieherin, sie nennen sie Tante. Sie schaut das Kind aus strengen Augen an. Die anderen Kinder brüllen: »Bummelletzter, Abgepetzter!« Die Tante hebt das Kind auf ihren Schoß, grob, das Kind wehrt sich. Dann beginnt die Tante, es mit Rosenkohl zu füttern. Der ist kalt und schmeckt bitter. Die Tante stopft dem Kind dickes, mehliges Mus in den Mund. Das Kind sammelt es in den Backen und kann nicht schlucken. Die Tante stopft. Das Kind muss würgen. Schließlich schluckt es, aber es ist nicht schnell genug, immer weitere Löffel stopft ihr die Tante in den Mund. Tränen kommen. Endlich ist der Teller leer. Das Kind läuft zur Toilette, beugt sich über die Schüssel und übergibt sich. Das Hochgewürgte schmeckt bitter und kratzt im Hals. Aus dem Fenster sieht man eine Bahn, silbern mit roten Türen.

Einmal kommt der Vater das Kind abholen und sagt: »Heute gibt's eine Überraschung.« Sie gehen in die Wohnung, in der der Vater wohnt. Die Wohnung ist dunkel. Dort wartet eine Frau mit braunen Haaren. »Das ist Ulrike«, sagt er, »meine neue Freundin.« Die Frau ist ruhig und nett. Gemeinsam spielen sie Mensch-ärgere-dich-nicht. Das Kind verliert. Nach einer Weile weint es, will nicht mehr mitspielen.

»Immer dasselbe!«, sagt der Vater. Er macht eine wegwerfende Handbewegung. »Mit dir kann man nicht spielen, immer gleich beleidigt!« Er rollt mit den Augen und packt das Spiel ein. »Wozu, glaubst du, heißt wohl das Spiel Mensch-ärgere-dich-nicht?«

Das Kind weiß nicht, warum das dumme Spiel so heißt. Es muss weiter weinen, schämt sich aber, guckt auf den Boden und will mit niemandem reden. Da mischt sich die Frau ein, sie spricht sanft mit dem Kind, sie holt die Töne aus dem Inneren ihres Bauches. Mit einer tiefen Stimme sagt sie: »Na klar ärgert man sich dabei! Das Spiel heißt ja nur deshalb so. Auch Erwachsene ärgern sich dabei, das ist nicht schlimm. Weißt du was? Das ist überhaupt ein ganz doofes Spiel, weil es immer nur drauf ankommt, einen verlieren zu lassen.« Das Kind schaut die fremde Frau an, als sie sagt: »Dazu hast du es doppelt schwer. Gegen zwei Erwachsene kann man gar nicht gewinnen. Die Erwachsenen sind ja meist im Vorteil gegenüber den Kindern.« Das Kind lächelt jetzt ein wenig. Es schaut der Frau genau ins Gesicht. Die Frau lächelt zurück.

So was hat es noch nie erlebt, dass eine so spricht. Ulrike, denkt das Kind, was die für Sachen sagt!

Später kommt das Kind in einen anderen Kindergarten. Der ist etwas weiter weg, man muss dorthin über eine große Straße gehen, dann über einen Zebrastreifen, dann links, dann rechts lang, dann geradeaus und noch einmal um eine Ecke. Dort hat sie sich mit Sonja angefreundet. Sonja hat rote Haare und lacht so lieb. Sie sind in der Gruppe von Frau Würfel, die ist sehr nett. Bei Frau Würfel müssen sie nicht aufessen, wenn sie nicht mehr können, und sie werden nicht angemeckert. Sie zeigt ihnen Bilder aus einem fernen Land. Da ist sie oft im Urlaub. Die Bilder sind an der Wand zu sehen, wie ein Film. Da sieht man eine Wüste und Traktoren und hinter Zäunen grüne Wiesen. Das Land heißt Israel, und die Menschen, die dorthin gekommen sind, waren fleißig und haben aus Wüsten grüne Weiden gemacht. Vorher waren dort nur faule Leute, sagt Frau Würfel, die nichts gegen die Wüsten getan haben.

An den Nachmittagen vor Weihnachten basteln sie im Kindergarten. Dazu müssen sie eine Mark mitbringen. Sie dürfen halbrunde Kokosschalen zu Anhängern schmirgeln, kleine silberne Drähte und glitzernde Perlen zu Ketten auffädeln und biegen, aus Peddigrohr kleine Tabletts und Körbe flechten, aus runden Strohhalmen Strohsterne plätten, Holzkästchen bemalen. Dem Kind macht nichts so sehr Spaß wie Basteln. Es denkt sich für jede seiner Tanten, für die Oma, für die anderen Großeltern und für ihre Mutter die schönsten Geschenke aus und träumt davon, wenn es groß ist, einmal Stühle zu bauen. Oma Erna sagt, das komme daher, dass das Kind praktisch veranlagt sei.

Zu Hause packt das Kind jedes Geschenk sorgfältig mit Schleifen ein. Am Ende liegt auf dem Bett ein Berg in Weihnachtspapier eingewickelter Geschenke. Als die Mutter nach Hause kommt, blickt sie überrascht auf die Sachen.

»War dein Vater hier?«, fragt sie erschrocken und deutet auf die Geschenke. Die Mutter glaubt, der Vater hat all das gekauft. Das Kind sagt nein, aber die Mutter glaubt das nicht. Die Mutter schimpft, sie sagt, sie wolle nicht, dass Papi sie mit Geschenken erpresse.

Sonja wohnt in einer kleinen Wohnung um die Ecke in einem großen, alten Häuserblock. Die Wohnung hat eine Stube und ein Schlafzimmer, beide nach vorn gelegen, aber die Kinder dürfen dort nicht hinein. In der Stube wohnt ein Onkel Walther, der liegt immer auf dem Sofa, ruht aus oder schläft. Im Schlafzimmer stehen die Elternbetten, von denen nur eines benutzt wird. Sonjas Vater ist auch weggegangen. Bei Sonja kommen nie andere Männer, da gibt es nur den Onkel auf dem Sofa, der aber nie etwas sagt. Sonjas Mutter kommt jeden Nachmittag nach Hause und macht Essen, lässt für den nächsten Tag etwas übrig, damit Sonja am nächsten Mittag noch Essen hat, das sie sich warm machen kann. Wenn das Kind mit zu Sonja kommt, machen sie sich Zucker-Ei. Dazu trennen sie Eiweiß und Eigelb und schlagen jedes mit viel Zucker einzeln auf, am Ende geben sie es zusammen und schöpfen es mit einem kleinen Eislöffel ab. Sie spielen im Hof Gummitwist und Abklatschball und turnen auf der Teppichklopfstange. Das Kind ist gern mit Sonja zusammen. Sie bauen sich aus vielen Decken auf dem Balkon eine Höhle, da kriechen sie hinein und essen Zucker-Ei, und das ist das Allerschönste.

Eines Tages sagt die Mutter, der Arzt habe gesagt, das Kind müsse verschickt werden, in ein Heim. Es sei zu dünn und zu oft krank. Auf dem Land wird man gesund, bei frischer Luft. Das Wort Heim macht dem Kind Angst. Die Mutter sagt, dort sei es gut. Das Kind findet das nicht. Statt in die

Schule zu kommen, bekommt es ein Schild um den Hals und wird mit vielen anderen Kindern zu einem Zug gebracht. Schüchtern sitzen sie zusammen in der Eisenbahn. Sie fahren nach Wyk. Das ist auf Föhr, einer Insel in der Nordsee. Zu den Erzieherinnen müssen sie Tante sagen. Das kennt das Kind aus dem Kindergarten.

Abends liegen sie im Schlafraum. Es ist ein riesiger Schlafraum, mit vielen kleinen Feldbetten. Eine Tante ist hinten im Raum, kommt immer näher. Das Kind liegt unter der grauen Decke und hat Angst. Denn die Tante geht von Bett zu Bett, nimmt die Hände der Kinder hoch, besieht sie lange und legt sie wieder hin. Und was macht sie dann? Sie zieht etwas Weißes aus der Tasche, steckt die Hände der Kinder hinein und schnürt sie mit einem Band unten am Bett fest. Das Kind beobachtet die Tante und rührt sich nicht. Die weißen Stofflappen sind Handschuhe ohne Finger. Plötzlich versteht das Kind: Die Kinder, die noch am Daumen nuckeln, werden mit ihren Händen ans Bett gebunden. Der Schrecken fährt dem Kind über die Haut, bis hin zum rechten Daumen. Ohne den kann es nicht einschlafen. Deshalb ist der rechte Daumen auch kleiner als der linke. Das kann man sehen. Das Kind legt die Hände rechts und links aufs Bett. Als die Tante ganz nahe ist, schließt das Kind die Augen, hält die Luft an, stellt sich tot. Die Erzieherin geht vorbei, Glück gehabt!

Tagsüber kommen sie in einen großen, kahlen Raum. Der Raum ist viereckig, leer und bis unter die Decke gekachelt. Die Mädchen bekommen kleine schwarze Brillen, die sie aufsetzen müssen. Es riecht komisch. Dort müssen sie sich nackt ausziehen und Plumpssack spielen. Derweil scheinen grüne Lichter. Sie bleiben lange dort drinnen. Es ist kalt und unangenehm. Das Kind will nicht nackt sein und nicht Plumpssack spielen. Danach treffen sie eine andere nackte Gruppe, Jungen, im Treppenhaus. Das Kind schämt sich und möchte weglaufen. Die Erzieherinnen lachen darüber.

In diesem Heim schämt sich das Kind oft und hat immer Angst, für irgendetwas bestraft zu werden. Deshalb muss es gut aufpassen. Dabei hat es keine Zeit, an Zuhause zu denken. Das Kind hat vergessen, dass es in der Dehnhaide wohnt. Es denkt auch nie an die Eltern, nur manchmal an die Oma. Die Kinder bekommen keine Briefe und dürfen nicht telefonieren. Der Alltag ist ausgefüllt mit Pflichten und Dingen, die sie falsch gemacht haben und für die sie angemeckert werden.

Sie lernen dort unheimliche Lieder, die das Kind voller Wehmut mitsingt: »Wildgänse rauschen durch die Nacht mit schrillem Schrei nach Norden; unstete Fahrt habt Acht, habt Acht, die Welt ist voller Morden ...«

Die Verschickung dauert sechs Wochen. Nach Hause werden Karten geschickt, die haben die Tanten geschrieben. Auf denen steht, dass es den Kindern gut gehe. Das Kind darf nicht in den Raum, wo die Karten liegen.

Als es wieder zu Hause ist, will es nie wieder verschickt werden. Das war ein ganz schlimmes Heim, sagt das Kind.

Selten kommt Besuch in ihre Wohnung. Das Kind freut sich, als einmal ein Onkel mit seiner Frau kommt. Doch da muss das Kind Mittagsschlaf halten. Durch die Wand hört es den Onkel lachen und mit der Mutter reden. Da schleicht es hinaus, möchte horchen, was geredet wird. Plötzlich sieht das Kind in der Küche einen Geldschein liegen, groß und bunt auf dem Tisch. Der Schein will, dass das Kind die Hand ausstreckt und ihn einsteckt, heimlich, und wegläuft, ganz schnell, zurück ins Bett und den Atem anhält, und lauscht und Angst hat, entdeckt zu werden, mit klopfendem Herzen.

Später hört sie die Mutter durch den Flur laufen und rufen. Das Herz klopft schneller. Am Tonfall erkennt das Kind, dass die Mutter etwas gemerkt haben muss. Sie ruft laut. Das Kind beginnt zu schwitzen, die Kehle ist wie zugeschnürt, es hat Angst. Warum hat es das getan? Es öffnet die Augen und blickt auf das Glas in der Tür. Die Erwachsenen schwimmen wie durch Wasser, sie laufen in die Küche, sie rufen erstaunt, aufgeregt, sie trappeln mit den Füßen, sie reden laut, sie flüstern. Das Kind tastet nach dem Geldschein, zieht ihn hervor, wie einen großen Schatz. Leise steigt es aus dem Bett und schleicht auf nackten Füßen hinaus, tastet sich durch den Flur, schlüpft durch die Küchentür und legt vorsichtig den Geldschein zurück. Dann legt es sich zitternd wieder ins Bett und zieht die Decke über den Kopf.

»Bist du neuerdings ein Dieb, klaust Geld?«, schimpft die Mutter, als der Besuch endlich weg ist. Das Kind rührt sich nicht. Es weiß, dass man nichts klauen darf, es schaut auf die Tür. Die Mutter schimpft, das Kind sieht aus dem Fenster. Die Bäume haben keine Blätter. Vögel springen von Ast zu Ast, schwarz mit gelben und grünen Linien gemustert.

»Was soll das einmal werden?«, fragt die Mutter. So schlägt sie dem Kind mit der Hand über das Gesicht. Tränen laufen dem Kind über die brennenden Wangen.

Es dreht sich zur Seite, sieht die Stofftiere an, die in Reih und Glied auf dem Regal stehen. Warum bin ich geboren?, denkt das Kind. Die Mutter läuft raus, die Tür knallt, die Glasscheibe klirrt, das Kind weint, die Mutter im anderen Zimmer weint auch.

Einmal hat die Mutter Schmerzen. Sie ruft nach dem Kind. Die Mutter krümmt sich, sie weint, hat Krämpfe, mühsam stößt sie hervor: »Eine Nierenkolik ... bitte hol jemanden!« Das Kind steht da, sieht die Mutter an, zögert.

Der nächste Krampf kommt, die Mutter stöhnt, muss sich am Bett festhalten, schreit nach Hilfe. Das Kind will die Mutter trösten und sucht dazu ein Lied. Es fällt ihr keins ein, dann aber doch, das singt die Oma immer: »Heile, heile Segen, morgen gibt es Regen, übermorgen Sonnenschein, wird bald wieder besser sein!« So singt das Kind der Mutter ein Lied vor, ein Lied, das tröstet, und ist froh, eins gefunden zu haben.

»Hol die Nachbarin!«, stößt die Mutter verzweifelt hervor. Doch das Kind hat Angst, weil der Mann der Nachbarin immer so viel schimpft und sie meist die Tür nur einen ganz kleinen Spalt aufmachen, nie hat das Kind die Nachbarin bisher außer durch den Spalt gesehen, und immer dachte das Kind, dass die Nachbarin nicht mag, wenn man klingelt. Endlich aber holt es doch die Nachbarin, und die Mutter wird weggebracht in ein Krankenhaus.

Später erzählt die Mutter der ganzen Familie, dass das Kind ihr nicht geholfen, nur immer ein dummes Lied gesungen habe. Sogar die lieben Tanten schütteln den Kopf über so viel Dummheit. Warum hat das Kind nicht sofort Hilfe geholt und stattdessen nur gesungen? Dabei singen die Erwachsenen dasselbe Lied doch auch, wenn ein Kind Schmerzen hat. Das versteht das Kind nicht, aber es schämt sich trotzdem.

Kommt der Vater, hat er es immer eilig. »Hallo, wie geht's?«, fragt er und haut das Kind zur Begrüßung mit kleinen Schlägen auf die Wangen. »Schnell, schnell, pack deine Sachen.« Das Kind stolpert durch die Wohnung, der Vater läuft ins Wohnzimmer. »Ist deine Mutter da?« Er schon an der Tür. Sie laufen zusammen die Treppen runter. Der Vater nimmt das Kind an die Hand. Das ist schön.

»Sieh mal, ich hab ein neues Auto«, sagt er, »das Teuerste ist immer das Beste, man muss das Teuerste nehmen.« Sie laufen zu dem neuen Auto, er hält ihr die Tür auf, denn Frauen muss man immer die Türen aufhalten, der Mann ist der Kavalier. »Jetzt bist du meine kleine Frau.«

Wenn der Vater auf der Autobahn fährt, dann sieht es aus, als ob er die langsamen Autos aus dem Weg schiebt. Er schimpft auch noch auf sie und sagt: »Ich bin der Schnellste, das muss so sein, der Chef muss das schnellste Auto fahren.« Das Kind fühlt sich auf der Seite der Langsameren. So geht es dem Kind oft, es kann nichts gegen den Vater sagen, fühlt sich aber auf der Seite derer, die er beschimpft.

Er singt laut und schmetternd, dabei batscht er dem Kind auf die Beine. Manchmal sagt das Kind: »Nicht, Papi, lass das!« Aber es ist auch blöd, wenn er dann schlechte Laune bekommt, deshalb sagt das Kind meistens nichts, hält still. Mädchen müssten Kleider anhaben, sagt der Vater, damit man das jederzeit tun könne. Es ist eine dumme Idee, Mädchen Hosen anziehen zu lassen. Mädchen muss man unter den Rock fassen können, dazu sind Röcke da. Er lacht.

Der Vater geht mit dem Kind ins Kino, sie sehen *Die blaue Blume,* ein Film, in dem ein Mann seiner Freundin eine ganz seltene blaue Zauberblume als Zeichen seiner Liebe schenkt, die er unter großen Gefahren holen muss. Das Kind denkt, der liebt die Frau wirklich. »Sieh mal«, sagt das Kind, aber der Vater muss hinaus, telefonieren. »Das kommt davon, weil ich der Chef bin«, sagt er, »ohne mich geht gar nichts.« Danach essen sie Eis. »Nimm dir den größten Eisbecher, den es gibt«, sagt er.

Einmal sind sie zusammen im Schneeurlaub, in Rottach-Egern am Tegernsee, und das Kind hat rote Backen und freut sich den ganzen Tag. Noch nie war es so lange mit dem Vater zusammen. Es traut sich, allein Milch vom Bauern zu holen, obwohl der einen Hund hat, und mit einer Seilbahn fahren sie den Wallberg hinauf. Ihr Hotelzimmer hat ein großes Bett und ein Waschbecken. In das Waschbecken übergibt sich das Kind, der Vater schreit, sagt schlimme Worte, gibt dem Kind die Schuld, weil es zu viel Palatschinken gegessen hat, er habe ja gesagt, es sei zu viel.

Doch sie vertragen sich wieder. Komm her zu mir, sagt er, das Kind legt sich zu ihm hin, es ist gut, er streichelt das Kind, weine nicht, ist gut. Er nimmt sie in den Arm. »Du bist mir sowieso die Liebste, du verlässt mich wenigstens nie.« Das klingt traurig. »Ich bin auch manchmal böse«, sagt er, »das ist nicht gut.« Er nimmt das Kind in den Arm, sie liegen ganz eng. Plötzlich weint der Vater, schluchzt.

Dann schlafen sie, obwohl heller Tag ist.

Als das Kind wieder aufwacht, sieht es aus dem Fenster den Wallberg, auf dem sie morgens waren und wo es zu viel Palatschinken gegessen hat. Die Sonne scheint noch immer. Ich will raus, denkt das Kind. Doch das geht nicht, ihr Vater liegt hinter ihr, eng an sie gepresst. Er drückt sie, hält sie, klammert sich an sie, stöhnt, schluchzt. Vorsicht, denkt sie, ich darf mich nicht bewegen. Das Kind liegt und wartet, bis der Vater wieder ruhig wird. Sind wir jetzt wieder vertragen?, fragt es sich.

Der Vater liebt die einfachen Leute, sagt er, weil er mit denen so gut reden kann. In Danzig hat er mit ihnen sogar etwas polnisch gesprochen. Er war dort viel auf der Straße, denn sein Vater schickte ihn raus, damit er etwas lernte. Was sollte er lernen? Hart werden, Schläge aushalten, zurückzuschlagen. Da er das nicht schaffte, erzählt er schmunzelnd, habe er sich was einfallen lassen. Gedichte, er habe sich immer Gedichte ausgedacht. Mit dem Erfolg, dass ihn die größeren Jungen danach wieder verprügelten, damit er sich ein Gedicht ausdachte. Das fanden die sehr spaßig, aber er machte doch meist, dass er schnell von der Schule nach Hause kam. Wenn ihm die Jungen wieder Prügel androhten, erzählt er, hat er ganz schnell fremde Leute angequatscht, dann verzogen sich die Jungen manchmal. Seitdem quatscht er gerne fremde Leute beim Einkaufen und überall an, was dem Kind sehr peinlich ist. Ich liebe die Proleten, sagt er, die sind so geradeheraus.

Der Vater fährt mit dem Kind manchmal nach Pinneberg in die Druckerei. Hier riecht es nach Farbe und Papier, und überall liegen Zeitungsstapel. Der Vater erklärt dem Kind, dass man schneller ist, wenn man auch eine Druckerei besitzt, nicht nur eine Zeitung. In den großen Maschinen laufen die Zeitungen auf Endlospapierbahnen. In einem Kasten leuchten Buchstaben. Dem Kind gefällt das. Die Maschinen donnern, und es stehen Männer bei den Maschinen. Die machen, was ich sage, sagt der Vater laut und klopft dem einen der Männer auf die Schulter.

»Was macht die Kunst«, fragt er ihn, »wie geht's der Frau zu Hause?«

Das Kind findet es gut, dass er eine Zeitung macht, aber er soll nicht so angeben.

Später im Auto sagt der Vater zu dem Kind: »Wir werden heiraten.« Das Kind versteht nicht. »Ich werde Ulrike heiraten.« Das Kind starrt aus dem Autofenster, dort sieht es die roten Backsteinbauten in Richtung des Hinterausgangs zum Bahnhof Dehnhaide. Es verbeißt sich das Weinen. Die Eltern werden nie wieder zusammenkommen. Nun sind sie für immer getrennt, denn er heiratet wieder, eine andere.

Einige Zeit später holt der Vater das Kind ab und lässt es hinten ins Auto einsteigen. Als er ihm die Tür aufhält, sieht es, dass schon jemand darin ist, es ist Ulrike. Die ruft fröhlich, dass sie einen Ausflug machen. Doch wie sieht Ulrike aus? Das Kind muss sich neben sie zwängen, es gibt nicht genug Platz.

Ulrike lacht. »Nun bin ich wirklich nur noch eine Kugel«, sagt sie.

Das Kind erschrickt.

»Wunderst du dich?«, fragt Ulrike, als könne sie Gedanken lesen. »Ich habe ein Baby im Bauch, du bekommst eine Schwester oder einen Bruder. Und ich bin wirklich enorm dick geworden. Ich glaub, ich komm hier nicht mal mehr aus dem Auto wieder raus.«

Das Kind glaubt, nicht richtig gehört zu haben.

»Da ist ein Baby drin?«, fragt es und deutet auf die riesige Kugel unter dem Mantel.

»Wirklich«, lacht Ulrike wieder, »ich verkohl dich nicht, ich kriege ein Baby, du bekommst ein Geschwisterchen.«

Eine Schwester, einen Bruder, es ist dem Kind, als mache sein Herz Purzelbäume, ein Baby, ein kleines Baby? Es lacht, freut sich. Es fürchtet, vor Freude zu platzen.

»Willst du mal fühlen?« Ulrike nimmt eine Hand des Kindes und führt sie zu ihrem Bauch, das Kind fühlt es warm unter dem Mantel. Endlich, endlich bekommt das Kind ein Geschwisterchen.

Das nächste Mal ist sie mit ihrem Vater in Lurup, sie warten auf das Telefonklingeln. »Es kann jeden Moment soweit sein«, sagt der Vater und rennt hin und her.

Das Kind malt etwas, auf dem Tisch steht ein Gürteltier aus Stein oder Horn, das hat auch einen dicken Bauch. Sie berührt es, es ist kalt und hart. Endlich klingelt das Telefon, und sie dürfen in die Klinik, um das Baby anzugucken. Das Krankenhaus ist groß und hat viele Gänge mit Glastüren, Kinder dürfen nicht hinein, sagen sie. Aber der Vater versteckt das Kind hinter sich, schmuggelt es hinein. Schnell, schnell, hier lang. Ulrike liegt in einem blauen Zimmer mit zugezogenen Vorhängen. Sie liegt tief in den Kissen. Ihre Haare sind offen und zu einer Seite gekämmt. Sie lacht: »Stell dir vor, es sind zwei Babys, Zwillinge!«

»Zwillinge?«, fragt das Kind ungläubig. Ja, es sind zwei Kinder, zwei Mädchen. Das Kind strahlt, jetzt hat es sogar zwei Geschwister auf einmal.

»Ein Baby liegt noch im Brutkasten«, sagt der Vater. [redacted] Das Kind sieht sich das Baby genau an. [redacted] Das Kind betrachtet dieses Baby, versunken und ausgefüllt von einem vorher nie empfundenen Gefühl. Ulrike sieht erschöpft aus. »Das kommt, weil ich ja noch was habe«, sagt sie, »ich muss noch hier bleiben.«

Ulrike hatte einen Kaiserschnitt, erfährt das Kind, [redacted] weil noch eine andere Operation gemacht werden muss. Eine Blutblase im Gehirn, die Kopfschmerzen verursacht, muss mit einer Klammer abgeklemmt werden, erzählt ihr der Vater. Deshalb braucht Ulrike nun viel Ruhe. Der Vater fragt sie, ob er ihr eine Schreibmaschine in die Klinik bringen soll. Ulrike sagt: »Nein, noch nicht, erst wenn ich kräftiger bin.« Dann müssen sie gehen.

Auf dem Rückweg erklärt der Vater dem Kind, dass er riesige Probleme habe, denn wenn Ulrike in seiner Zeitung keine Kolumne schreibe, sinke die Auflage. Und deshalb müsse sie unbedingt auch im Krankenhaus schreiben. Das Kind kann nur an die Geschwister denken. Ich werde sie nie allein lassen, schwört es sich. Da ist das Kind sieben Jahre alt.

Das Kind ist endlich in die Schule gekommen und hat schnell lesen gelernt. Seitdem geht das Kind immer in die Bücherei und holt sich stapelweise Bücher. Pippi Langstrumpf, Abenteuer- und Indianerbücher. Mädchenbücher nicht.

Sonja ist auch in ihre Klasse gekommen, nun müssen sie erst nach der Schule in den Kindergarten. Sie gehen immer zusammen, so braucht sie niemand abzuholen. Erst abends kommen sie nach Hause. Sie laufen an einem Trümmergrundstück vorbei, da schleichen sie sich vorsichtig entlang, es ist verboten, dass Kinder dort spielen, viele tun es aber trotzdem.

Nur vier Kinder in der Klasse müssen nach der Schule in den Kindergarten, die anderen dürfen zu Hause Mittag essen. Es ist nicht schön, nach der Schule in den Kindergarten gehen zu müssen. Sie sind nun nicht mehr in der Gruppe von Frau Würfel, die hat die Neuen bekommen. Wenn sie hinausgehen, ist ihr Spielplatz auf einem gegenüberliegenden Grundstück. Eingezäunt, mit zwei Schaukeln, an denen man anstehen muss, um dranzukommen. Die Tanten schimpfen viel, und man muss immer vor ihnen aufpassen. Spielen tun Sonja und das Kind lieber zu Hause. Sie sind beste Freundinnen.

Das Kind erzählt Sonja von den Geschwistern: »Stell dir vor, ich habe jetzt zwei Geschwister«, sagt sie, »Zwillinge!«

»Das ist ja toll«, sagt Sonja, »hast du es gut.« Dann wird sie einsilbig, denn sie wünscht sich auch Geschwister.

Das Kind ist jetzt häufig in Lurup. Am Papitag setzt es sich in die U-Bahn, fährt bis Hauptbahnhof, steigt dann um in die S-Bahn, fährt bis Elbgaustraße und von dort aus geht es zwanzig Minuten zu Fuß bis zu dem kleinen Häuschen vom Vater und Ulrike. Das Haus hat einen Garten, und sie haben dort ein Bad mit schwarzen Kacheln. Sie wohnen nur in der unteren Etage, oben wohnen andere Leute. Aber sie haben auch noch einen Keller, da haben sie ein Gästezimmer, wo das Kind schläft, wenn es mal länger zu Besuch ist. Im Erdgeschoss gibt es das Renaissance-Zimmer, so nennt der Vater sein Arbeitszimmer, wo auch ein großer Tisch steht, an dem sie sonntags manchmal essen. Dort steht alles mit dunklen Möbeln voll. Ulrikes Zimmer ist das Wohnzimmer und ist ganz das Gegenteil, mit hellen Möbeln eingerichtet, es hat ein blaues Sofa und eine Terrasse, von der aus man in den Garten gehen kann. Über dem Sofa hängt ein rot-weißes Ölgemälde. Rechts neben der Terrassentür steht ein Schreibtisch, an dem sitzt Ulrike und schreibt ihre Kolumnen.

»Ich habe mir meine Möbel selbst gebaut«, sagt Ulrike, »das ist billiger und sieht schöner aus.« Das will ich später auch machen, denkt das Kind.

Seit die Babys da sind, herrscht ein ziemlicher Trubel. [redacted] Das Kind versucht zu helfen. [redacted]

»Sie brauchen mehr Personen«, sagt Ulrike, »Omas und Opas, Freunde, Onkel, Tanten, wir sind zu wenige. Gut, dass du da bist«, sie legt dem Kind eines der Babys auf den Arm. Das Kind ist ganz vorsichtig, hält es behutsam fest. Sie kann die beiden Zwillinge gut unterscheiden. [redacted]

[redacted]

Wenn die Kinder schlafen, liegen sie beide in ihren Stubenwagen. Ulrike hat sie neben sich im Zimmer stehen und schreibt.

Das Kind ist seit der Geburt der Zwillinge häufiger in Lurup, schläft dort in den Ferien oder wenn die Mutter krank ist. Das Kind sitzt neben den Zwillingen, reicht ihnen Spielsachen, spricht mit ihnen, beobachtet, wie sie Fortschritte machen. [redacted]

Das Kind hat Angst, etwas falsch zu machen und nimmt die Babys nur vorsichtig hoch. Ulrike sagt: »Wenn du Angst hast, machst du eher was falsch, trau dir ruhig was zu!« Am Abend sagt Ulrike: »Weißt du was? Du gehörst dazu, denn du bist die Schwester meiner Kinder.« Das ist ein wunderschöner Satz.

Ulrike liebt das Selbermachen, sie sagt, gebastelte Sachen seien schöner als gekaufte. Das findet das Kind auch, und sie setzen sich hin und basteln zu Weihnachten Strohsterne, und an den Baum hängen sie Äpfel statt Kugeln. Wenn sie spazieren gehen, darf das Kind den Zwillingswagen schieben. Ulrike sagt, dass Kinder nicht weinen, weil sie böse sind, sondern weil sie Hunger, Durst oder eine nasse Windel haben, sie hätten immer einen Grund, nur kennt man den nicht immer, aber man kann ihn herausfinden. Alles auf der Welt habe immer einen Grund, das könne sich das Kind ruhig merken, man sei überhaupt auf der Welt, um die Gründe von allem herauszufinden.

»Mit Kindern muss man viel spielen«, sagt Ulrike, »dann entwickeln sie sich gut, man darf sie nicht so oft und nicht so lange allein lassen. Dann denken sie, man kommt nicht mehr wieder und dann bekommen sie Angst.« Genau, denkt das Kind. Das ist es. Niemals darf man ihnen Angst machen.

Der Vater erklärt: »Teure Autos sind da, um zu zeigen, wer man ist. Damit jeder weiß, wie viel man verdient.« Und wenn man in Kampen am Nacktbadestrand auf dem Parkplatz stünde, dann ärgern die anderen sich grün vor Neid, sagt er.

Ulrike findet das dumm, sie findet, ein Auto sei zum Fahren da und sonst nichts. Ihr Auto ist ein alter 2 CV, und als der kaputt ist, ein alter R4. Das Kind fährt lieber mit Ulrike. Die ganze Autofahrt spricht Ulrike mit dem Kind, fragt, erzählt, fragt wieder. Das Kind fühlt sich gut, wenn es von Ulrike nach Hause gebracht wird.

Ulrike lacht viel, weiß viel und kann alles erklären. Vor allem so, dass das Kind es versteht, und immer staunt es, denn Ulrikes Gedanken sind neu und überraschend, aber doch den eigenen ähnlich. Ulrike will hören, was das Kind denkt, was es erlebt hat, was es macht. Das Kind fasst Zutrauen, erzählt. Ulrike sagt, dass man sich nicht alles gefallen zu lassen braucht, dass sie früher auch etwas Ähnliches erlebt, aber dann die und die Lösung gefunden habe. Dass gute Freunde wichtig sind. Das Kind denkt an Sonja und dass Sonja mal mitkommen könnte nach Lurup, damit Ulrike die auch kennenlernen kann. Ulrike bringt die Gedanken zum Tanzen. Das Kind bekommt durch sie neue Ideen, eigene Gedanken, die Ulrike anhört, auch wenn sie manchmal anderer Meinung ist. Sie sagt, das Kind solle sich immer eine eigene Meinung bilden, das sei wichtig.

Als das Kind acht Jahre alt ist, sagt die Mutter, der Arzt hätte wieder gesagt, es müsse ins Heim. Das Kind schreit: »Nein, nie wieder!« Die Mutter sagt, es ginge nicht anders, der Doktor hätte es verordnet, sie müsse. Das Kind will nicht, es schreit und weint. »Du schreibst uns einfach«, sagt die Mutter.

»Aber die lassen einen da nicht schreiben!«

»Dann machen wir etwas aus, ein Geheimzeichen. Wir tun, als ob wir über Wolken reden, aber fragen dich, wie es dir geht.«

Das findet das Kind blödsinnig. »Nein«, schreit es, »ich will nicht!«

Am Tag vor der Reise hat es Bauchschmerzen, muss sich übergeben. Das Kind sagt auch dem Vater, dass es da nicht hin will. Er sagt nun auch, sie wollen ein Geheimzeichen ausmachen: Wenn es ihr dort nicht gut ginge, solle sie schreiben: ›Die Wolken sind schlecht‹, und wenn es ihr gut ginge: ›Die Wolken sind gut‹. Das Kind weiß, dass das nicht helfen wird. Es weint. Es ist wütend.

Das Heim ist im Teutoburger Wald. Den ersten Teil der Strecke darf das Kind mit einem Bekannten im Auto fahren, weil es solche Angst hat, erst dann steigt es in den offiziellen Bus um, der die Kinder aus Hamburg in das Heim bringt. Die Erzieherinnen denken, die braucht wohl eine Extrawurst. Kaum ist das Kind im Heim, muss es quer über den Fußboden spucken. Das Erbrochene ist bitter im Hals, treibt Tränen in die Augen, lässt das Kind sich schwach und krank fühlen.

Da kommt die Erzieherin, Tante Anneliese, auf das Kind zu und gibt ihm vor allen Kindern eine Ohrfeige. »Was ist denn das für eine Sauerei? Das machst du sofort weg! Da haben wir ja ein Kind, das hier wohl ganz falsch ist, das gehört ja nach unten, zu den Zweijährigen.« Mit diesen Worten zeigt Tante Anneliese zur Tür und befiehlt dem Kind, einen Lappen zu holen, um aufzuwischen.

Die anderen Kinder sind still und schauen dem Kind zu. Tante Anneliese ruft: »Du kriegst kein Abendbrot, ab ins

Bett, kleine Babys müssen viel schlafen!« Danach bringt Tante Anneliese das Kind in den Schlafsaal. Zitternd liegt es unter dem weißen Laken im fremden Bett und lauscht. Das Kind hat Angst, dass Tante Anneliese wiederkommt, es hat Angst vor allem. Und damit es nicht weinen muss, macht es sich ganz steif und schaut lange in den Baum vor dem Fenster. Und es vergisst, wer es war, woher es kam, von wem es sich Hilfe holen könnte, vergisst alles und hat bloß immer Angst.

Nach dem Mittagessen müssen die Kinder schlafen. Die lesen können, dürfen in die Bibliothek und sich Bücher ausleihen. Das Kind nicht. Tante Anneliese hat es verboten, denn das Kind hat sich wie ein Baby verhalten, als es sich am ersten Tag auf den Boden übergeben habe, darum müsse es auch wie ein Baby behandelt werden. Das Kind schämt sich, die anderen Kinder lachen darüber. Das Bibliotheksverbot gilt die ganze Zeit, acht Wochen, nicht ein einziges Mal darf das Kind die Bibliothek ansehen. »Ich kann gut lesen«, bettelt es, um die Tante Anneliese zu erweichen, die lässt es aber nicht zu. Im Gegenteil: »Willst du wohl auch noch widersprechen!«, ruft sie erbost. Das Kind wagt es noch einmal: »Ich bin schon acht.« »Eben«, lacht Tante Anneliese, »und noch solch ein kleines Baby!«, und sie blickt dabei in die Runde, wie um die anderen Kinder aufzufordern, mit ihr zu lachen. Die anderen Kinder aber sind erschrocken, sie machen nur zaghaft mit.

Jeden Nachmittag liegt das Kind, während die anderen lesen, im Bett und muss die Augen schließen, das wird kontrolliert. Heimlich fragt das Kind seine Bettnachbarin: »Gibst du mir eins von deinen Büchern, nur kurz, nur einmal reinschauen?« Doch die traut sich nicht. Sie hat auch Angst.

Das Kind bekommt Post. Die Mutter schreibt auf einer Karte: »Wie sind denn da die Wolken?« Was schreibt sie da, fragt sich das Kind, es hat das Geheimzeichen vergessen.

Die Tante läuft durch den Schreibraum und sieht jedem

über die Schulter. »Du kommst nicht hinein«, ruft sie dem Kind zu. »Weil Babys nicht schreiben können.«

»Aber ich kann es doch«, sagt das Kind.

»So? Du hast immer noch eine Widerrede?« Die Tante lacht hart. »Raus, warte vor der Tür!«

Das Kind geht hinter die braune Holzschwingtür, sie setzt sich auf die Stufen vor dem Schreibraum, kauert sich zusammen und legt den Kopf in die Hände. Alle anderen dürfen schreiben. Das Kind muss warten. Ich will nicht mehr Kind sein, denkt es, schnell erwachsen werden, nur kein Kind mehr sein.

Am Ende der Stunde darf es kurz reinkommen. Tante Anneliese legt ihr eine geschriebene Karte hin und sagt: »Hier, das habe ich an deine Eltern geschrieben.« Eine Karte, auf der das Kind die Worte »Es geht ihr gut!« lesen kann. Das habe ich gewusst, denkt das Kind, genau das habe ich gewusst, dass es hier so ist. So war es letztes Mal auch. Das Kind will seinen Namen nicht darunterschreiben. Die Tante lacht: »Ich dachte, du kannst schreiben!« Da nimmt das Kind den Stift und versucht zu schreiben, ganz ungelenk geraten die Buchstaben. Ach, könnte ich doch schreiben, was ich wollte, denkt es.

»Siehst du«, sagt Tante Anneliese, »du kannst noch gar nicht schreiben!«

Einmal schleicht das Kind sich heimlich in den Schreibraum und schnappt sich eine Karte und will schreiben: »Holt mich hier weg, bitte, holt mich ab!«, doch plötzlich steht Tante Anneliese daneben und blitzt giftig. Das Kind lässt die leere Karte fallen.

Abends muss es, sobald sie in den Betten liegen, mucksmäuschenstill sein. Keiner darf reden, keiner darf lesen. Es ist noch hell. Die Kinder sind noch nicht müde, also flüstern sie miteinander. Manchmal lachen sie auch oder kommen ins Albern. Sie strengen sich an, leise zu sein, aber gerade deshalb sind sie zu laut. Da wird die Tür aufgerissen, das Licht geht an, die Tante schnaubt vor Wut: »Was ist denn hier noch los?« Die Kinder erstarren in ihren Bewegungen. Sie schließen die Augen und stellen sich schlafend. So wie sie gerade sind, verharren sie, ob sie mit ihren Nachbarinnen gesprochen oder im Bett getobt haben. Ein Mädchen erstarrt mit hochgehaltenen Füßen, auf denen die Bettdecke noch schaukelt. Die Tante lacht sie aus. Das Mädchen wird aus dem Bett geholt, sie muss ihre Wollüberdecke nehmen und sich damit allein auf einen Stuhl in den kalten Flur setzen. Das ist noch nicht die schlimmste Strafe, aber die Kinder zittern davor.

Einmal passiert es auch dem Kind. Eine andere Erzieherin kommt rein, schreit es an, zerrt es hoch, wirft es auf einen vor der Tür stehenden Stuhl. Nun ist es soweit, denkt das Kind. Es hat große Angst davor, von Tante Anneliese entdeckt zu werden. Wieder Backpfeifen zu kriegen, beleidigt zu werden. Mach, dass Tante Anneliese nicht kommt und mich sieht, mach, dass sie nicht kommt und mich sieht!, so betet das Kind. Ganz still sitzt es. Niemand kommt. Es ist dunkel. Das Kind ist allein unter der kratzigen Decke. Der Flur ist hoch und lang. Das Kind hört das Tropfen eines Wasserhahns aus dem Bad. Dahinein wäre es noch schlimmer gewesen, tröstet es sich.

Tante Anneliese lässt zu jeder Gelegenheit ihren Hass und ihre Häme an dem Kind aus. Sie hat es sich in den Kopf gesetzt, dass gerade dieses Kind besonders verzogen, verwöhnt, hinterhältig und frech ist. Das muss ihr abgewöhnt und ausgetrieben werden, sie dürfen nicht glauben, dass sie mit so was durchkommen. Das Kind weiß, dass Tante Anneliese so denkt, so hat es die Erwachsenen oft reden hören.

Nachts muss das Kind auf Klo. Aber sie dürfen nur bei Rotlicht auf Klo. Ein kleines rötliches Flurlicht, das irgendwann in tiefster Nacht eingeschaltet wird und den Flur spärlich beleuchtet. Noch aber brennt draußen alles hell, ein Zeichen, dass die Erzieherinnen ihre Kontrollgänge machen.

Während des Mittagsschlafs dürfen sie gar nicht aufs Klo gehen. Irgendwann stehen sie heimlich auf und bilden ein

Spalier, das reicht vom Schlafraum bis zur Toilette, da stellen sich die Kinder auf und halten Wache. Eine Schlange von barfüßigen Kindern, eins hinter dem anderen, vom Zimmer bis zur Toilette aufgestellt, passen sie auf, dass keiner kommt. Einer nach dem anderen geht schnell auf Klo, so haben sie weniger Angst.

Einmal muss das Kind noch beim Nachmittagsschlaf schon sehr früh auf Klo, diesmal wurde abgedunkelt, alle sollen schlafen. Keiner darf sich Bücher holen. Die Bewachung ist schärfer als nachts. Das Kind spürt, dass es die Zeit nicht durchhalten wird. Schon krümmt es sich im Bett zusammen, presst die Beine aneinander, beißt die Zähne zusammen, doch es klappt nicht, der Drang wird immer stärker, es tut weh. Der Mittagsschlaf dauert lange. Das Kind flüstert zur Nachbarin hin, keine Antwort, es will die anderen fragen, ob sie vielleicht das Spalier wagen wollen, aber keine Antwort, die anderen trauen sich nicht oder sind schon eingeschlafen. Das Kind stöhnt, stopft sich ein Kissen in den Mund, Tränen laufen, es denkt: Ich kann doch nichts dafür! Wenn es ins Bett machen würde, wäre das Donnerwetter fürchterlich, würde das Kind aber aufstehen, wäre das auch schlimm, denn das ist verboten.

Nach einer endlos erscheinenden Zeit kommt eine Tante und macht die Vorhänge auf. Das Kind darf aufstehen. Aber das Kind kann nicht, kann sich kaum noch bewegen. Es wankt und geht sehr langsam, alles tut weh. Später sitzt es auf dem Klo und weint.

Es gibt auch eine Turnhalle. In der Turnstunde sind die Kinder zu laut, Lachen ist nicht erlaubt. Das Kind hat die Turnlehrerin schon gesehen und sagt nichts mehr. Doch sie kommt direkt auf das Kind zu. Das Kind erschrickt. »Da wollen wir mal sehen …«, sagt die Lehrerin drohend. Sie holt eine Rolle Leukoplast aus der Tasche, sagt: »So, jetzt haben wir für eine Weile Ruhe«, und klebt dem Kind mit einer schnellen Bewegung den Mund mit einem breiten Streifen Leukoplast zu. Die Augen des Kindes weiten sich. Die übrigen Kinder starren entsetzt. »So«, sagt die Tante, »damit ihr mal seht, was passiert, wenn ihr keine Ruhe geben könnt.« Die anderen Kinder sind erleichtert, dass sie davongekommen sind. Sie verspotten das Kind, indem sie zwei Finger übereinander reiben.

Einmal wird mitten in der Nacht ein Mädchen mitsamt dem Bett aus dem Schlafsaal geschoben, weil es zu laut war. Es bleibt die ganze Nacht weg. Die Kinder wissen, was das bedeutet. Das Mädchen wird in den dunklen, feuchten Waschraum gebracht. Dort ist es finster, und Tropfgeräusche hallen von den gekachelten Wänden wider. Die Kinder gruseln sich sehr, wenn sie an das arme Mädchen im Waschraum denken. Das Kind liegt angespannt, streckt mit einem Mal den Arm aus und greift nach der Hand der Bettnachbarin. Sie halten sich ganz fest. Dann zerkratzen sie einander die Hände, damit sie sich beruhigen. Es tut nicht weh, obwohl alles blutig geworden ist.

Die Kinder glauben, dass man es nicht überleben kann, in den Waschraum gebracht zu werden. Aber das Mädchen überlebt. Mit bleichem Gesicht und schreckensweiten Augen wird es am nächsten Morgen wieder hineingerollt. Die anderen Kinder wenden sich ab. Keiner fragt etwas.

Überraschend bekommt das Kind Besuch. Onkel Willi kommt mit seiner Frau. Das Kind kennt die beiden kaum, trotzdem liebt es plötzlich diesen Onkel. Es klopft ihm das Herz, es ist aufgeregt und freut sich. Der Besuch wird nicht hineingebeten. Tante Anneliese bringt das Kind hinaus und bleibt neben Onkel Willi stehen. »Es geht ihr gut«, sagt sie ihm und redet über die schöne Aussicht, die man hier oben habe und wie wunderbar gut es die Kinder hier hätten. Einmal lächelt Tante Anneliese sogar. Vor ihr stehen die Tante und der Onkel. Sie fragen das Kind: »Wie geht's dir denn, sind die Wolken immer schön brav?« Das Kind versteht nicht, stottert nur. Tante Anneliese unterbricht jeden Satz und lacht triumphierend, als sage sie damit: »Siehst du, du kannst nicht mal richtig sprechen!«

Die Chance ist verpasst, die Frau von Onkel Willi schenkt dem Kind zum Abschied noch ein Paket voll Lakritze. Das

Kind strahlt, es liebt Lakritze. Es drückt den Karton an sich und folgt Tante Anneliese ins Haus. In der Küche dreht die Tante sich um, reißt dem Kind den Karton aus der Hand, schüttet die Lakritzen in einen großen Eimer und sagt: »Das ist für alle.« Nicht eine von diesen Lakritzen bekommen die Kinder.

Viele Wochen später fährt das Kind in einem Zug sitzend in einen Bahnhof. Die Eltern stehen auf dem Bahnsteig. Erst in diesem Moment versteht das Kind, dass die Eltern es eines Tages wieder abholen. »Du bist ja ganz grün im Gesicht«, sagt der Vater. Das Kind ist misstrauisch: Warum kommen sie zusammen? Ist was passiert? Das Kind schweigt die ganze Rückfahrt bis nach Hause. Danach schläft es sehr lange.

So schnell wie möglich will das Kind wieder Ulrike und die Zwillinge besuchen. Das Kind fühlt sich dort größer als sonst, es ist da die große Schwester. Sie fährt mit ihren kleinen Schwestern spazieren, nimmt sie in die Arme, tobt mit ihnen. Ulrike freut sich darüber. Sie erzählt aus ihrer Kindheit, sie hatten einen großen Garten und haben auch immer viel getobt und Unsinn gemacht. Man muss Unsinn machen, sagt sie, das machen alle Kinder, das gehört dazu. Das Kind fühlt sich wohl, wenn Ulrike so was sagt. Vor Ulrike braucht das Kind keine Angst zu haben, nie schreit sie, immer spricht sie geduldig. Alles, was Ulrike erzählt, sieht das Kind in bunten Bildern vor sich. Es ist schön, wenn Ulrike erzählt.

Ab und zu, wenn Ulrike nicht da ist, kommt eine Nachbarin und macht den Kindern das Abendbrot, eine Übergangslösung, sagt Ulrike. Die Nachbarin ist eine große Frau mit einer Schürze. Einmal droht sie, sie würde die Kinder in den dunklen Keller sperren, wo ein schwarzer Mann hause, so lange, bis sie wieder artig seien. Ulrike erklärt, dass manche Erwachsene nur deshalb Lügen erzählen, weil sie selbst Angst hätten. Dann geht sie mit den Kindern in den Keller, wo sie einen Mann suchen, der natürlich gar nicht da ist.

Anschließend sagt sie ihnen, sie brauchten keine Angst mehr zu haben, die Nachbarin käme nie wieder. Die sei ihr zu streng gewesen, sagt Ulrike später zum Vater, kein Mensch habe das Recht, Kindern Angst zu machen. Das Kind schaut Ulrike mit großen Augen an, als sie das sagt. Sie ist anders als alle anderen, denkt es, wie kommt das nur? Sie versteht uns.

Ulrike macht nie Vorwürfe. Das Kind kann sich frei bewegen. Nie muss es Mittagsschlaf machen, wenn es nicht will. Das Kind malt und bastelt mit den Schwestern, bringt ihnen Laufen, Springen, Klettern bei und erzählt ihnen ausgedachte Geschichten.

Das Kind spielt mit den Zwillingen, als sei es selbst erst vier Jahre alt.

Abends kocht Ulrike manchmal für alle Kinder Grießbrei und gießt ausgepressten Apfelsinensaft drüber. Später bringt sie die Zwillinge ins Bett. Währenddessen liegt das Kind auf Ulrikes Sofa und ruht sich aus. [redacted] »Du lässt dich von den Kindern tyrannisieren«, sagt der Vater. Ulrike antwortet, dass es ein Fehler sei, das so zu sehen. Der Vater sagt nichts mehr, geht aus dem Zimmer.

Das Kind bewundert Ulrikes Geduld. Nicht nur mit den Kindern ist sie geduldig, auch mit dem Vater. Das Kind mag nicht, dass ihr Vater Ulrike Vorwürfe macht.

Später sagt der Vater einmal zur Mutter, dass ihm Ulrike verboten hätte, seine Kinder zu prügeln, sie habe gesagt, dass sei keine gute Erziehungsmethode. Er sagt das ganz stolz.

[redacted]

[redacted]

Bald haben sie in Lurup ein Kindermädchen, Susanne. Sie ist noch jung und macht ein Praktikum, sie wird ein Jahr hier mit uns leben, sagt Ulrike. Wir haben uns lange mit ihr unterhalten, sie wird kein Kind schlagen, bedrohen oder in den Keller sperren. Susanne ist nett und lustig. Ulrike kann jetzt wieder mehr arbeiten gehen, am Tag ist Susanne mit den Kindern zusammen. Ulrike klebt Zettel an die Küchentür, dort steht, welche Nahrungsmittel gut sind für Kinder, statt Zucker Rosinen, viel Obst, viel Gemüse, viel Milch, statt Weißbrot Vollkorn. Für jeden Tag gibt es einen Plan mit leckerem Essen, und nie gibt es Linsensuppe mit Speckschwarte wie im Kindergarten.

Das Kind kommt jetzt mittwochs immer schon mittags zum Essen dazu. Susanne ist Meisterin in Nudeln und Tomatensauce und kann die tollsten Quarkspeisen mit Äpfeln und Apfelsinen zubereiten.

»Wieso schmecken die so gut?«, fragt das Kind. »Das liegt am Vanillezucker«, erklärt Susanne. Der Vater nennt sie »Susanne, die Pfanne«.

Mit Sonja spielt das Kind nun oft Heim. Sonja ist Tante Anneliese und muss reinkommen und sehr böse sein, das Kind spielt ein Kind, das im Bett liegt und ausgeschimpft wird. Sie spielen alle Strafen nach, die es im Heim gab, zum Raussetzen auf den Flur wählen sie den Balkon vor Sonjas Küche. »Ist dir nicht kalt?«, fragt Sonja. »Nein«, sagt das Kind, »es muss kalt sein, das gehört dazu.« Sonja will auch mal Kind sein. »Nein«, sagt das Kind, »ich will das Kind sein, du darfst die Tante spielen.« Es tut gut, genau nachzuspielen, was damals so schlimm war. Sonja versteht das, sie wurde auch schon mal in ein Heim verschickt. Jeden Tag spielen sie dieses Spiel. »Komm, lass uns Heim spielen!«, sagt das Kind, viele Tage, viele Wochen, ein ganzes Jahr lang spielen sie so.

In der Schule kann das Kind gut malen und sehr gut lesen, rechnen kann es nicht gut. Das macht nichts, sagt der Vater, ich hatte da auch immer eine Fünf. Er meint, man brauche keine Mathematik. Das Kind fragt den Mathelehrer manchmal, warum etwas so ist, wie er sagt, aber der antwortet, dass in der Mathematik nicht gefragt wird warum. Da findet das Kind Mathematik auch doof. Beim Rechnen müssen die Schlechtesten immer stehen bleiben, während die Guten sich setzen können.

Auf dem Schulhof spielen die Kinder Mädchen- oder Jungenfangen und die Jungen binden die Mädchen an Bäume fest. Zum Glück ist es nur ein Spiel.

Ulrike erzählt ihr, sie habe früher in ihrer Wohngegend mit Jungen Banden gegründet, bei denen sie die Anführerin war, sie wären auf Bäume geklettert und hätten Abenteuer erlebt, und keiner hätte den anderen verraten.

Das Kind liest über sechzig Karl-May-Bücher und findet es schlimm, wie die Weißen die Indianer umbringen. Die Freundschaft zwischen Winnetou und Old Shatterhand findet das Kind toll. Es stellt sich vor, eine mutige Frau zu sein, die bei den Indianern lebt.

Wenn der Vater erzählt, dass Kinder reicher Leute manchmal entführt werden, dann träumt das Kind sich in eine andere Welt und stellt sich vor, dass der Vater Privatdetektiv sei und sie gemeinsam Fälle aufklären. Unter der Stadt, in der sie leben, gibt es eine zweite Stadt, die wird ganz und gar von Verbrechern regiert, da wird das Kind entführt oder es kommt ins Gefängnis, und dafür wird es bewundert, weil es mit zehn Jahren schon viel mehr Schmerzen aushalten kann als die Erwachsenen. Und weil es ohne zu weinen und zu klagen oder etwas zu verraten durchhält, wird das Kind freigelassen, weil sie Respekt vor ihm haben. Solche Geschichten spinnt sich das Kind aus, wenn es allein zu Hause ist.

Einmal muss die Mutter eine Zeit lang ins Krankenhaus, sie muss operiert werden. Das Kind möchte gern eine Woche zu ihrer Freundin Stefanie gehen. Das Kind will der Gastfamilie ein Geschenk mitbringen. Man muss ihnen doch etwas dafür schenken, dass ich dort bleiben kann! Die Mutter findet das auch, sie kramt im Süßigkeitenschrank, hinter dem Regal. »Hier«, sagt sie, »das ist ein Baumkuchen, den kannst du ihnen mitnehmen, ich habe ihn beim letzten Weihnachtsfest in der Firma geschenkt bekommen. Der ist gut. Der war sehr teuer.« Das Kind packt ihn ein.

Das Kind liebt die Freundin Stefanie. In der Schule sitzt das Kind neben ihr, und wenn beide sich nur von der Seite anschauen, müssen sie schon lachen. Stefanie ist das Kind von Arbeitern, ihr Vater arbeitet im Hafen. Sie wohnt in der Nähe, gleich hinter dem U-Bahnhof Dehnhaide. Das Kind ist oft bei ihr, mag ihre Mutter, die immer da ist, und kennt ihren Vater, der jeden Tag schon um vier Uhr nachmittags nach Hause kommt, wo dann alle zusammen zu Mittag essen. Die Mutter hat alles mit Stefanies Mutter verabredet. Das Kind schläft im selben Zimmer wie Stefanie, es fühlt sich wohl dort. Sie haben blaue Gardinen, morgens wachen sie in blauem Licht auf. Stefanies Mutter weckt sie jeden Morgen und schickt sie nacheinander ins Bad, dann sitzen sie gemeinsam am gedeckten Frühstückstisch und essen. Das Kind bewundert diesen Tisch. Als es begreift, dass er für sie beide gedeckt ist, wird ihr ganz komisch zumute, fast schämt sie sich, weil die Mutter dazu zu Hause keine Zeit hat. Aber dafür kann sie nichts, sie muss ja zur Arbeit. Auf dem Tisch bei Stefanies Eltern stehen große Tassen mit dampfendem Kakao und vor jedem ein Brettchen mit bereits geschmierter Marmeladenstulle. Daneben liegt, schon eingewickelt, ein dickes Paket mit Pausenbroten. Es ist, als ob man bei Oma Erna zu Besuch ist.

Am dritten Tag fällt dem Kind das Geschenk ein, und es überreicht den Gasteltern den Baumkuchen. Dem Kind erscheint der Kuchen plötzlich zu klein für all das Gute, dass sie bei der Familie bekommen hat, Stefanies Mutter freut sich aber: »Den werden wir zum Kaffee essen.« Sie setzen sich an den Kaffeetisch, und der Kuchen liegt bereits aufgeschnitten vor ihnen. Er ist innen weiß, von winzigen Äderchen durchzogen und außen mit einer feinen Schokoladenschicht. Der Vater nimmt sich ein Stück auf den Teller und sagt: »Baumkuchen? So etwas Vornehmes hatten wir hier noch nicht!« Das Kind nimmt vorsichtig ein Stückchen Kuchen auf die Gabel, schiebt es in den Mund und kaut. Es stutzt. Der Kuchen schmeckt nach Seife. Erschreckt betrachtet das Kind den Kuchen. Nun sieht man es auch: Feine grüne Linien im Inneren des Kuchens. Alle hören nach dem ersten Bissen auf zu essen. Nur der Vater steckt sich noch einen Löffel in den Mund. Dem Kind wird schwindelig. Wie konnte ich ihnen bloß dieses Geschenk machen, denkt das Kind entsetzt. Ich muss sie warnen. Es schreit: »Halt! Vorsicht, nicht weiteressen!«

Am Ende sitzt das Kind auf dem Sofa und weint. Stefanies Mutter versucht vergeblich, es zu beruhigen: »Deine Mutter hat es lieb gemeint, so etwas sieht man nicht beim Kaufen«, und sie nimmt das Kind tröstend in den Arm. Das Kind schämt sich und muss immer mehr weinen. Und muss daran denken, dass der Kuchen schon von Weihnachten ist und jetzt ist es Sommer.

»In unserer Gesellschaft bekommen alleinerziehende Frauen keine Unterstützung«, sagt Ulrike, »daher sind sie oft überfordert. Die Gesellschaft gibt ihnen nicht genug Unterstützung, also glauben sie, dass sie unbedingt einen Mann brauchen. Daher machen sie sich abhängig. Das ist den Männern lästig und dann lassen sie sie fallen. Mutti soll ruhig mehr Geld von Papi fordern«, sagt sie, »der hat genug.« Das Kind staunt.

Mit zehn Jahren kommt das Kind in die Oberschule. Mit einem Schlag verliert es alle Freunde, denn die anderen bleiben in der Volksschule. Auch ihre Freundin Brigitta, mit der zusammen sie den Malwettbewerb der Schule gewonnen hatte. Die hat nur Einsen und Zweien auf dem Zeugnis, ist in Mathe viel besser, so gern möchte Brigitta auch auf die Oberschule, aber sie darf nicht. Der Vater hat es nicht gut gefunden, die Lehrerin davon abgeraten. Die Eltern sind eine Arbeiterfamilie, da braucht ihr Kind nicht zur Oberschule, heißt es. Das findet das Kind ungerecht. Ulrike sagt, es dürfe keine Unterschiede zwischen Arbeitern und Chefs geben, die Arbeiter seien nicht weniger wert, nur weil sie kein Abitur und kein Studium haben, im Gegenteil, ihnen stünde viel mehr zu, denn sie schaffen ja erst den Reichtum, von dem die anderen leben. Leider würden sie überall benachteiligt. Das Kind denkt an das Lied:

»Sieh, da steht das Erholungsheim / einer Aktiengesellschaftsgruppe, / abends gibt es Haferschleim / und morgens Gerstensuppe, / und die Arbeiter dürfen auch in den Park… / Sieh, das ist der Pfennig, aber wo ist die Mark? / Die Mark ist tausend- und tausendfach / in fremde Taschen geflossen, / die Dividende hat mit viel Krach / der Aufsichtsrat beschlossen: / Für euch die Brühe, / für sie das Mark, / für euch den Pfennig, / für sie die Mark … / Proleten, fallt nicht auf den Schwindel rein, / sie schulden euch mehr als sie geben…«

Das ist von Tucholsky. Der Vater redet oft von Tucholsky, das Kind hört die Platte gern. Der Mann, der es singt, hat eine warme und kraftvolle Stimme.

DAS MÄDCHEN

Bulgarien. Es ist heiß, die Sonne scheint, ihre Mutter und sie sind zusammen in Goldstrand. Das Kind ist kein Kind mehr, sondern ein Mädchen geworden, elf Jahre alt, dünn, hoch aufgeschossen. Sie sitzt mit der Mutter in einem Gartenlokal und isst Kartoffeln und Schafskäse, dazu gibt es große Gläser mit einem weißen Getränk, das nach salzigem Joghurt schmeckt. Das Mädchen stochert im Essen herum, sie hat keinen Appetit. Der Mutter ist das peinlich. Sie sprechen wenig. Der Blick der Mutter fällt auf eine entfernt sitzende Gruppe von Männern. Sie lacht zu einem hin, er kommt an ihren Tisch, will ihren Namen wissen. Die Mutter lacht verlegen und sagt schnell einen falschen Namen. »Oh, ein schöner Name!«, der breitschultrige Mann setzt sich zu ihnen. Er ist Opernsänger. Das findet die Mutter interessant.

»Ich geh schon mal«, sagt das Mädchen. Die Mutter kommt erst sehr spät ins Hotel zurück, die Tochter hat schon geschlafen. »Stell dir vor«, erzählt die Mutter, »er ist wirklich Opernsänger.«

In der Schule haben einige Mädchen schon ihre Periode, etwas, was sie sich auf der Mädchentoilette kichernd erzählen.

Eines Nachmittags ist auch bei ihr in der Toilette Blut. Das Mädchen erschrickt, da fällt ihr ein, was es sein könnte, jetzt also auch ich, denkt sie und ruft die Mutter in der Firma an. Die kommt und bringt Damenbinden mit, und dann gehen sie gemeinsam durch die Straßen, und es ist ein gutes Gefühl, dass die Mutter früher nach Hause gekommen ist. Doch das Mädchen ist erst elf, der Körper noch kindlich, sie hat immer starke Schmerzen während ihrer Regel.

Urlaub in Österreich mit der Mutter. Dort baden sie im Seeschwimmbad, und jeden Nachmittag wird es dunkel und gewittert, dann gehen sie in ihr Hotel. Sie haben ein Doppelzimmer, und das Mädchen liegt auf dem Bett und liest ein Buch. Da hört sie die Mutter vor der Tür lachen. Sie hat einen unbekannten Mann dabei. Sie kommen herein, die Mutter sagt einen Namen, stellt den Mann vor, das Mädchen schaut nur kurz von dem Buch hoch, liest weiter. Irgendwann geht die Mutter auf die Toilette, der Mann nähert sich dann plötzlich ihrem Bett, beugt sich zu dem Mädchen und sagt: »Ich würde ja viel lieber mit dir ...« Das Mädchen starrt ihn an. Endlich geht die Tür auf und die Mutter kommt zurück. Der Mann springt vom Bett hoch.

»Wollen wir hinausgehen?«, fragt die Mutter, »es ist wieder schön geworden.«

Das Mädchen will nicht mit. Aber die Mutter drängt, dass sie schließlich auch mal raus müsste. Zögerlich geht sie hinter den beiden her, ein grauer, gerader Weg, man sieht links und rechts Berge. Der Mann hält die Mutter im Arm. Das Mädchen wird langsamer. Plötzlich dreht der Mann sich um, seine Augen blitzen brutal. Er glaubt vielleicht, ich will die Polizei holen, denkt sie. Da stürzt er auf sie zu, nimmt ihren Kopf zwischen seine Knie und dreht ihn herum. Das Mädchen schreit und strampelt, um sich zu befreien, der Mann drückt fester zu. Dabei lacht er, die Mutter lacht auch, sie denkt wohl, wie nett, dass er mit dem Kind spielt. Das Mädchen aber versteht die Botschaft: Sag ja nichts!

Die Mutter hat einen Artikel geschrieben: Wie finde ich einen Mann? lautet der Titel, und er wird in der Zeitschrift veröffentlicht, für die sie arbeitet. Das Mädchen findet den Artikel mutig. Die Mutter hat Partnervermittlungsinstitute ausgeforscht, sie schreibt, sie wünsche sich, ihr Leben wieder mit einem Partner zu teilen, sie schreibt es witzig.

Sie glaubt, das wäre auch für ihre Tochter das Beste. Das Mädchen denkt nie daran, dass die Mutter vielleicht einen neuen Mann heiraten könnte. Die Mutter sucht nach einem Mann, der sie liebt, versteht und achtet. Es gibt zu wenige Männer, die meisten sind vergeben.

Das Mädchen wünscht sich für die Mutter einen Mann, der sie wirklich liebt, der zu ihr hält, egal wie alt sie ist, wie sie aussieht, was sie anhat oder ob sie ein Kind hat. Sie wünscht sich, dass ihre Mutter glücklich ist.

Doch wenn sie auf die Straße gehen und die Mutter sich vorher vor dem Spiegel zurechtgemacht hat, schämt sich das Mädchen und hat Angst vor den Männerblicken. Sie will damit nichts zu tun haben, sie will nicht von den Männern angestarrt werden. Und wenn ihre Mutter die neuesten Schockfarben trägt, hellgrün, helllila und hellorange, Blumen in Streifenmustern, so trägt das Mädchen dunkle Farben.

Einmal in der Woche geht sie zu Ulrike und den Kindern. Mit ihnen spielt sie, als sei sie selbst eine kleine Mutter, sie geht mit ihnen spazieren, spielt mit ihnen im Garten, im Schwimmbad, isst mit ihnen Abendbrot und hilft dem Kindermädchen oder Ulrike bei allen Verrichtungen. Alles erscheint ihr dort schön, lichtdurchflutet, sonnig. Sie liebt es, im Garten mit den Zwillingen zu spielen, sie zum Lachen zu bringen, sie zu beruhigen, wenn sie Streit haben. Sie genießt das schöne Sofa und die freundlichen Worte von Ulrike. Sie mag die Bilder an der Wand, den Schreibtisch, an dem Ulrike sitzt und arbeitet. Das Mädchen liebt die kleinen Schwestern über alles. Zwischen fünf und sechs Uhr nachmittags kommt Ulrike nach Hause. An den Tagen, an denen sie zu Hause arbeitet, kommt Ulrike zwischendurch manchmal zu ihnen raus und lacht mit ihnen zusammen.

[redacted]

[redacted]

Ulrike lässt sich durch den Vater nie aus der Ruhe bringen. Das Mädchen aber hat Angst vor dem Vater, wenn er so ist. Sie hat Angst vor seinem Lachen, wenn er gemein wird, vor seinen Worten, die dann beleidigend sind, vor seinem Tonfall, vor seinem Blick, selbst vor seiner Körpergröße hat sie dann Angst, als ob er sich gleich auf sie stürzt und sie irgendwohin zerrt. Seine Wut kommt immer ohne jede Vorwarnung.

Auch die Mutter wird immer häufiger wütend auf sie, das Mädchen flieht dann ins andere Zimmer, hinter eine Tür, die sie schnell abschließt, unter die Bettdecke oder in eigene wütende Entgegnungen, die sie durch die verschlossene Tür zurückbrüllt. Gegen die Mutter kann sich das Mädchen besser wehren als gegen den Vater.

Wenn die Mutter auf andere wütend ist, versucht das Mädchen, nüchtern zu bleiben, die Mutter zu beruhigen. Sie ist dann erleichtert, dass es nicht gegen sie geht. »Die Männer sind alle Verbrecher!«, schreit die Mutter.

In ihrer Schule oder auf der Straße in Hamburg-Barmbek werden die Kinder häufig von fremden Leuten angeschnauzt. Die Erwachsenen finden sie zu laut, zu frech, zu wild. Wenn sie spielen, heißt es, sie seien unhöflich, unverschämt, bockig. Falsch ist alles, was sie machen. Am schlimmsten sind die älteren Männer, sie nehmen die halbe Straße ein und machen nie Platz. Schon von Weitem wirken sie bedrohlich. Man hat Angst, ihnen zu begegnen. Sie schimpfen, sobald sich der geringste Anlass bietet.

Das Mädchen hört manche sagen, Hitler sei ein guter Mann gewesen, und früher hätten die Kinder wenigstens noch Manieren gelernt.

Einige ihrer Klassenkameraden haben solche Väter, bei

den Kindergeburtstagen sitzen sie in der Stube über eine Zeitung gebeugt und grüßen nicht mal. Die Kinder trauen sich nur flüsternd durch die Wohnung zu schleichen. Nein heißt dort Nein. Kein Argument kann die Eltern umstimmen. Wenn das Mädchen nachfragt, warum etwas nicht erlaubt wurde, zucken die Freundinnen nur mit den Schultern. Sie sagen: »Nein bleibt Nein«, und dass man konsequent sein muss. Das Mädchen findet aber besser, wenn man noch mit den Eltern reden kann.

Das Mädchen liest jetzt auch, was Ulrike in der Zeitung schreibt. Sie versteht nicht alles, aber dass sie für die Menschen und deren Freiheit eintritt, für Gerechtigkeit und gegen Waffen, Gewalt und Krieg, das versteht sie. Sie findet gut, was Ulrike schreibt, weil sie niemandem die Schuld gibt, sondern die Dinge erklärt. Durch Erklären kann man lernen. Wenn man lernt, kann man es besser machen.

Ulrike fragt das Mädchen immer, wie es ihr geht, was die Schule macht, ob sie nette oder blöde Lehrer hat. Niemand sonst von den Erwachsenen fragt solche Sachen. Sie hört zu, wenn das Mädchen erzählt, hört sich ihre Meinung an. Immer während der Autofahrten. Durch die ganze Stadt müssen sie fahren von Lurup nach Barmbek, und wenn sie ankommen, fühlt sich das Mädchen, als sei sie gewachsen. Mit Ulrike zu sprechen, macht das Mädchen stärker.

Die Menschen fliegen zum Mond, das sei gut, heißt es in der Schule. Ulrike sagt, die Menschen müssten zuerst mal dringend auf der Erde Frieden schließen. Ulrike spricht von Alltäglichem immer wie von etwas Wichtigem, man darf Spaghetti nicht zerschneiden, sagt sie dem Mädchen, als es Nudeln mit Tomatensauce mit Messer und Gabel essen will, man muss sie wie die Italiener mit der Gabel aufrollen, erst dann schmeckten sie wirklich. Man kann so auch die Sauce auf der Gabel halten. Sie zeigt es ihr. Ulrike liebt Italien, da sind die Menschen so nett, sagt sie, so lustig.

Das Mädchen schaut zusammen mit Ulrike und dem Vater im Fernsehen politische Sendungen. In einer wurde ein Kind durch Napalm verbrannt. Das Mädchen fragt, was

Napalm ist. Ein Stoff, etwa wie Phosphor im Zweiten Weltkrieg, ein Stoff, der weiterbrennt, auch wenn man im Wasser ist. Die USA bombardieren ein winziges Land, das ihnen nichts getan hat, mit Napalm. Das liegt an internationalen Zusammenhängen, sagt Ulrike. Später erklärt sie, was die Studenten alles schon gegen den Vietnamkrieg unternehmen, sie sagt, das Wichtigste sei, dass man aufkläre, sich wehre, man dürfe sich das nicht gefallen lassen.

Soldaten halten eine Waffe auf ein nacktes, halbverbranntes Mädchen? Ulrike fragt: »Mit welchem Recht? Und das Schlimmste: Es geschieht mit Hilfe unserer Regierung!«, aber gegen die, die dagegen protestieren, wolle man den Notstand ausrufen. Sie schreibe dagegen an, es reiche nicht, aber immerhin. Sie hätten ein gutes Grundgesetz, sagt Ulrike, während der Autofahrt erzählt sie davon, man hat es nach dem Krieg geschaffen, weil man nie wieder einen solchen Krieg wollte. Aber an dieses Grundgesetz halten sich die Politiker nicht, sie heucheln und lügen, sie täuschen die Menschen. »Wir müssen dieses Gesetz umsetzen helfen, wir müssen das durchsetzen, was dort garantiert werden soll, Frieden und Gerechtigkeit. Es sollen Notstandsgesetze eingeführt werden, die alles wieder rückgängig machen, was nach dem Krieg erreicht wurde.«

Das Mädchen hört Ulrike und ihren Vater von der Atombombe sprechen.

»Was ist eine Atombombe?«, fragt das Kind später die Mutter. Die Mutter wird ernst und sagt, dass sei etwas sehr Schlimmes. Sie gibt ihr ein Lexikon. Das Mädchen liest dort, dass in Japan Millionen Menschen durch eine einzige Bombe verbrannt sind und von manchen nur ein Schatten auf einer Mauer übrig blieb. Dass die Menschen, die überlebt haben, von Übelkeit, Erbrechen, Durchfall, Blutungen betroffen waren und sich in ihnen sämtliche inneren Organe auflösten, bis sie dann nach qualvollen Wochen auch starben, und dass auf diese Art noch zahllose weitere Menschen gestorben sind. Entsetzt sieht sich das Mädchen die Bilder an. Tagelang stellt sie sich den Atomblitz vor, wie hell er ist, »blendend hell« stand dort, sie stellt sich den Knall vor, die Menschen sind noch kilometerweit weg taub geworden von diesem Knall. Das Brennen auf der Haut stellt sie sich vor, schon an kleinen Hautstellen tut es so weh, sie stellt sich verbrannte Kinder vor, die nach ihren Müttern rufen und verbrannte Mütter mit toten Kindern an der Brust. Wie können Menschen einander so etwas antun?

Wann immer das Mädchen danach im Fernsehen brennende Häuser im Krieg sieht, Menschen, die sich Unterstände bauen und fliehen, Soldaten, die in dicken Uniformen in Bomberflugzeuge einsteigen, dann sieht sie im Geist die Menschen aus Hiroshima und Nagasaki über die brennenden Trümmer laufen.

»Wir sind gegen die Wiederbewaffnung durch Atomwaffen«, sagt Ulrike abends im Auto zu ihr, und es würden immer mehr Menschen, die dagegen sind.

Das Mädchen wünscht sich, dass nie wieder irgendwo auf der Welt Krieg sein muss.

Gern würde das Mädchen ihrer Mutter mehr sagen, aber sie kann vieles nur denken, nicht aussprechen. Wenn die Mutter mit ihr sprechen will, fühlt sie sich ausgefragt, und es gibt immer schnell Streit. Auch dem Vater kann sie nicht sagen, was sie wirklich denkt. Wenn sie mit ihm allein ist, redet ohnehin meist nur er.

Eines Tages, der Vater hat wieder einen Haufen Probleme in der Firma und ist gereizt, gehen sie gemeinsam ein Ess-Lokal suchen. Der Vater sagt zu dem Mädchen, er kenne nur solche Menschen, die für ihn sind. Die, die gegen ihn sind, die kenne er nicht mehr. Wie kann er die Menschen so hassen?, denkt das Mädchen. Eines Tages wird er auch sie hassen, wenn er erst dahinterkommt, dass sie in vielem anders denkt als er.

Wenn er getrunken hat, wird es noch schlimmer. Nach dem Herumbrüllen weint der Vater und jammert. Er gibt sich an allem die Schuld und redet davon, was für ein großes Arschloch er sei, dass alle recht hätten, mit ihm nichts zu tun haben zu wollen. Dann beginnt für das Mädchen der bedrohlichste Teil. Denn dann nähert er sich ihr. Er beschwört sie, sie solle ihm verzeihen. Dem Mädchen wird es dann unerträglich, mit ihm in einem Zimmer oder in einem Auto zu sein, sie will sich die Ohren zuhalten, sich unbemerkt davonmachen, doch alles, was sie schafft, ist, sich totzustellen, in einer Ecke des Zimmers zu verharren oder im Bett, oder in den Autositz gepresst, immer in der Hoffnung, so könne er ihr nichts anhaben.

In Lurup, wenn Ulrike dabei ist, hat das Mädchen nie vor dem Vater Angst. Ulrike bändigt ihn, sie weist ihn mit wenigen Worten in die Schranken. Ulrike stellt sich vor ihn und redet vernünftig mit ihm, auch wenn er betrunken ist, sie sagt, dass er etwas tun müsse, dass das alles aus seiner Kindheit komme. Und er weint dann und gibt ihr recht.

Der Vater kommt in Lurup immer sehr spät nach Hause, und das Mädchen muss dann meist sofort weg, weil sie am nächsten Morgen in die Schule muss. Nur manchmal übernachtet sie für längere Zeit in Lurup. In den Ferien.

Wenn der Vater mit dem Mädchen allein ist, redet er schlecht über Ulrike. Der Vater wirft Ulrike vor, den Haushalt verschlampen zu lassen. Dabei stimmt das gar nicht. Dasselbe hat er früher über ihre Mutter gesagt, das stimmte auch schon nicht. Das Mädchen verteidigt im Kopf Ulrike.

Der Vater kann aus bester Laune plötzlich schlecht über andere reden. Er macht sich über alle und jeden lustig. Wenn sie sich treffen, beginnt er sofort zu erzählen, wie dumm sich die Sekretärin angestellt habe, wie blöd der neue Mitarbeiter sei und faul dazu, der sei nur hinter Ulrike her, sein Geschäftsführer habe doch glatt schon wieder ein neues Auto, von welchem Geld bloß, natürlich von seinem, wie furchtbar lang sich sein Layouter Zeit nähme, in der Zeit habe er selbst schon drei Zeitungen gemacht, zudem sei wieder eine üble Verschwörung gegen ihn im Gange, und er könne sich auf niemanden mehr verlassen. Nur er sei der Chef, das sollten bloß alle kapieren. Und wenn er an dem Punkt angekommen ist, dann lacht er triumphierend und batscht sie voller Vergnügen auf die Wangen, die Oberschenkel, und seine Laune wird wieder besser. Das Mädchen sitzt da und hofft, dass es bald vorüber ist.

Ulrike kann gut überzeugen, man fühlt sich nicht dumm, wenn man eine andere Meinung hat. Sie ist das Gegenteil vom Vater. Sie redet nie schlecht über andere, nicht mal über den Vater. Sie regt das Mädchen zum Nachdenken an. Ihr Kopf wird klarer, wann immer sie mit Ulrike redet. Das Nachdenken bewirkt, dass das Mädchen immer besser im Deutschunterricht wird. Ihre Freundin Ina und sie schreiben in der Schule die besten Deutschaufsätze.

Alle Menschen hätten kluge, eigene Gedanken, man müsse sie nur hervorlocken, sagt Ulrike. Das Mädchen solle alles nachprüfen, die eigenen Gedanken gelten lassen, sich nichts von solchen Erwachsenen sagen lassen, die behaupten, alles besser zu wissen, auch nicht von ihr natürlich. Das Mädchen lernt durch Ulrike, hinter die Dinge zu schauen, anzuzweifeln, infrage zu stellen, nicht alles hinzunehmen. Immer wieder erzählt Ulrike die Geschichte ihres autoritären Lehrers, der viel herumbrüllte. Sie war neu in der Klasse, da wollte er auch ihr gegenüber wie gewohnt brüllen. Da stand sie auf und sagte, sie glaube, dass es in der Unterprima nicht üblich sei, mit den Schülerinnen in dieser Lautstärke zu sprechen. Die Klasse sei sprachlos gewesen und hätte sie danach zur Klassensprecherin gewählt. Ulrike lacht darüber.

In der Schule, wenn das Mädchen nach dem Beruf der Eltern gefragt wird, antwortet sie: »Meine Eltern sind Journalisten.« Dass ihr Vater eine eigene Zeitung macht, erzählt sie nicht.

An manchen Papitagen nimmt der Vater sie mit in die Firma. Dort legt er ihr stolz seine Zeitung hin. Es stehen auch Texte gegen den Krieg darin. Er zeigt ihr an den Fotos, dass seine Mädchen besonders schön aussähen und nicht aggressiv wirkten. Der Sex in seiner Zeitung sei auch mehr zur Aufklärung und gegen Verklemmung. Damit sprächen sie auch die Soldaten an, die die großen Ausklappbilder in ihre Spinde hängen würden. Der Vater erklärt ihr, dass sich die Zeitung ohne die nackten Mädchen nicht verkaufen würde.

Ulrike hält das alles für puren Blödsinn. Sie sagt, es sei Unsinn zu glauben, dass man die Soldaten politisch erreiche, wenn die die Zeitung nur wegen der Frauenbilder kauften. Das Mädchen stellt sich Soldaten vor, die die Bilder in ihren Spind kleben. Bei den Soldaten geht es brutal zu, ihr Onkel Fritz war dort, der jüngste Bruder der Mutter, nach drei Wochen kam er zurück, er hielt es nicht aus, was da geschah. Sie machen einen fertig dort, mehr wollte er nicht sagen.

Sie kommt jetzt selbst in die Redaktion, wenn sie mit dem Vater verabredet ist, sie mag nicht mehr so lange an U-Bahnhöfen warten. Die Firma ist am Gänsemarkt, später dann in Eppendorf, sie kennt die Sekretärinnen und andere Mitarbeiter. Der Vater nennt die Mitarbeiter alle seine Freunde und diese alle beim Nachnamen. Er sagt »Ziem«, »Köhler«, »Steffens«, auch wenn er sie anspricht. Zu Rühmkorf sagt er »Lyngi«, weil das sein bester Freund ist.

Ihr Vater führt sie in der Redaktion herum und kommentiert jeden Arbeitsschritt. Das Mädchen kennt jede Ausgabe, sie kennt die Zeitungen in ihren unterschiedlichen Entstehungsvarianten. »Soll die Titelzeile diesmal rot, blau oder grün sein?«, fragt sie der Vater und legt ihr verschiedene Entwürfe vor. Er erklärt ihr, welche Farben gut zusammenpassen. Es muss alles gut zusammenpassen, das Bild, der Inhalt. Es riecht gut im Layoutraum, wo es dunkel ist und die Seiten in Leuchtkästen und spiegelverkehrt zu sehen sind. Später werde ich vielleicht auch eine Zeitung machen, denkt sie, aber ohne nackte Mädchen. Zu Hause macht sie tatsächlich einmal eine kleine Zeitung und schenkt sie ihrer Mutter.

Manchmal macht der Vater Bemerkungen über das Haar des Mädchens, das durch die Sonne schöner würde, ihre Haut, die sie vorsichtig behandeln solle, da sie jetzt bald in die Pubertät käme und Akne drohe, oder er lästert über ihre Brille, die sie doch durch Kontaktlinsen ersetzen solle, da sie auch später beim Küssen stören würde. Er redet auch vor allen Leuten über angeblich neueste »Eroberungen«. Ulrike darf er das nicht erzählen, sagt er, die habe ihm gleich am ersten Tag nach der Hochzeit gesagt, mach, was du willst, aber erzähl mir nie von anderen Frauen, das ist das Einzige, was ich von dir verlange. Oft schaltet das Mädchen ab, wenn der Vater so ist.

Manchmal, wenn das Mädchen die Artikel liest, die von Frauen handeln, entsteht ein fremdes Gefühl in ihr. Sie kann nicht davon lassen. Sie findet die Texte schrecklich, in denen gequält und geschlagen, in denen gedemütigt wird, sie hat Angst vor ihnen, aber trotzdem kann sie, wenn sie einmal anfängt, nicht aufhören zu lesen. Im Arbeitszimmer ihres Vaters liegen Bücher herum, aus denen er Teile veröffentlicht. Sie schämt sich beim Lesen.

Wenn der Vater abends nach Hause kommt, klagt er: »Am Abend bin ich unerträglich, so ist das nun mal.« Er müsse trinken, sonst könne er, bei all den Sorgen, die er habe, nie schlafen. Mehrmals wird er mit Alkohol im Blut beim Autofahren erwischt, was können die mir schon, sagt er. Eines Tages muss er ins Gefängnis deswegen.

»Wirklich, ins Gefängnis?«, fragt das Mädchen.

»Ja«, sagt der Vater, »nur für eine Woche. Das ist nicht so schlimm, da schreibe ich einen Artikel drüber.«

Das Mädchen stellt sich vergitterte Räume und ein mit einer Mauer umgebenes Gebäude vor.

Ulrike sagt zu ihm: »Dummheit muss bestraft werden, du musst aufhören.« Aber er hört nicht auf. Auch nach dem Gefängnisaufenthalt nicht. Abends ist der Vater betrunken und lallt herum. Er lacht und weint abwechselnd. Zum Glück fährt Ulrike das Mädchen meist nach Hause.

Typisch Chef, sagt Ulrike zu seinen schlechten Stimmungen, ein Chef kann sich Launen leisten. Wenn sie ihn darauf anspricht, dass er eine Psychoanalyse machen sollte, wehrt er sich, nein, er lasse sich nicht in seinem Unterbewussten herumfummeln. Er sei ein Lebensgenießer, wie Baal von Brecht.

Wenn sie in den Ferien sind, vor dem Schlafengehen, streichelt der Vater dem Mädchen übers Haar und sagt ihr dann etwas Liebes, nennt sie Süßerchen, Liebling, nimmt sie bei der Hand. Solch eine Stimmung kommt auf, wenn er traurig ist. Erst grölt er, dann weint er, dann streichelt er sie, aber nur wenn sie allein sind.

Wenn sie in Gesellschaft sind, meckert er viel an dem Mädchen herum, und immer muss er erzählen, wie toll er selbst ist. »Leider ist Papi ein riesengroßer Angeber«, sagt Ulrike dazu.

Für Töchter gilt die Inzestschranke, sagt der Vater oft, die sorge dafür, dass Väter mit ihren Töchtern nicht schliefen. Ein Glück, dass es sie gibt, sagt er. Ein Glück, das findet das Mädchen auch. Der Vater erzählt ihr, dass alle Töchter mit ihren Vätern schlafen wollten und nur die Inzestschranke dafür sorge, dass beide, Vater und Tochter, davon abgehalten würden.

Wenn der Vater an den Ampeln fremden Mädchen hinterherpfeift und sie ins Auto winkt, ist das Mädchen froh, dass sie seine Tochter ist und kein solches Mädchen, dass sich in ihn verliebt und dass er dann fallen lässt. Das Mädchen macht sich keine Illusionen über den Vater, trotzdem liebt sie ihn. Weil ja alle Töchter ihre Väter lieben. Der Vater sagt auch, dass Töchter meistens ihre Mütter hassen, weil sie insgeheim eifersüchtig auf sie seien. Das Mädchen erschrickt darüber, denn sie hasst die Mutter auch oft.

Eines Tages findet sie im Süßigkeitenschrank der Mutter einen Stapel Tagebücher. Das Mädchen kann sich nicht zurückhalten. Ihre Augen fliegen über die Handschrift ihrer Mutter. Sie sieht alles vor sich. Dann weint sie über das, was ihr Vater ihrer Mutter angetan hat. Es ist das erste Mal, dass sie auch ihren Vater aus tiefstem Herzen hasst. Abends, als sie im Bett liegt, denkt sie, dass sie ihren Vater nicht danach beurteilen darf, wie er früher zu ihrer Mutter war. Sie kann ihn nicht so hassen. Sie will ihm noch eine Chance geben, sie nimmt sich vor, ihn danach zu beurteilen, wie er zu ihr ist.

All das macht, dass das Mädchen immer schwieriger wird. Wenn die Mutter nach Hause kommt, sitzen sie zusammen beim Abendbrot, das liebt das Mädchen eigentlich sehr, doch oft hat sie jetzt keinen Hunger, stochert nur herum. Die Mutter fragt, wie es in der Schule war, aber dem Mädchen erscheint es so, als wolle die Mutter nur wissen, ob sie ihr etwas verberge. Deshalb mag sie nicht antworten. Die Mutter sagt, sie mache sich Sorgen. Das Mädchen lässt sich auch nicht mehr anfassen, zuckt zurück, wenn die Mutter sie umarmen will. Oft ist die Tochter auch missmutig, wenn die Mutter sie ruft. Die Mutter ist traurig darüber. Sie sagt: »Früher war es so anders, da haben wir uns so gut verstanden.«

Wenn sie sich mit ihrer Mutter um irgendetwas streitet, ist das Mädchen laut, wird aggressiv, flieht in ihr Zimmer, schließt sich ein. Sie fühlt sich mehr und mehr unverstanden, alles ist falsch, was das Mädchen macht, und alles ist falsch, was die Mutter sagt. Doch so, wie die Mutter denkt, ist das Mädchen nicht, aber wie sie ist, kann sie der Mutter nicht klarmachen. Verstanden fühlt sie sich nur von Dichtern und Schriftstellern. Sie liest Dostojewski, Kafka, Sartre, Tucholsky, Musil, Flaubert, sie stapelt die toten Dichterfreunde ihre Zimmerwände hoch.

Die Mutter fühlt sich ausgenutzt. Sie sagt dem Vater, sie werde nicht mehr fertig mit dem Mädchen, sie mache ihr das Leben schwer. Der Vater sagt, die Mutter solle das Mädchen härter anfassen. Er umarmt das Mädchen und sagt: »Na, du kommst wohl in die Ödipusphase? Das ist normal, Väter verstehen ihre Töchter besser als Mütter.«

Das Mädchen verstünde sich aber lieber besser mit der Mutter.

Immer noch gibt es den Papitag. Der Vater macht jetzt wieder häufiger Ausflüge mit dem Mädchen. Er macht der

Tochter Komplimente, wie schön sie sei, wie sie »erblühe«. Das Mädchen kann sich nicht dagegen wehren, dass sie genießt, wenn der Vater nett ist. Doch dabei schämt sie sich. Oft, wenn er mal wieder fremden Frauen etwas zuruft, denkt sie: Wie kann er nur, warum muss er so sein? Und: Was würde Ulrike dazu sagen? »Ach was«, sagt ihr Vater, »das machen alle Porschefahrer. Die Frauen denken, man findet sie nicht schön, wenn man das nicht macht.«

Einmal fahren sie an den Timmendorfer Strand. Es war ein Spontanentschluss, deshalb hat das Mädchen kein Badezeug dabei, nur eine schwarze Turnhose. Der Vater lacht. »Du brauchst kein Badezeug«, sagt er, »dein Körper ist doch noch ganz kindlich.« Das Mädchen zögert, mag sich nicht ausziehen. Am FKK-Strand ja, aber hier nicht, wenn alle anderen etwas anhaben. Der Vater sagt, sie sei prüde und verklemmt.

An der Ampel zwischen Wenningstedt und Kampen auf Sylt ruft der Vater einer jungen Frau etwas zu, dann lädt er sie ein, ins Auto zu steigen. Die junge Frau nähert sich dem Auto, schon springt der Vater von seinem Sitz auf, rennt ums Auto herum und öffnet die Beifahrertür. Wortlos wechselt das Mädchen auf den Rücksitz, und die fremde Frau setzt sich lachend neben den Vater. Sie trägt einen Minirock, er berührt ihre Oberschenkel, er fragt sie aus, schmeichelt ihr. Das Mädchen hinten schämt sich.

Auf Sylt wandert sie mit ihrem Vater oft vom Parkplatz lange Holzstege entlang, quer durch die Dünen. Sie gehen zur Buhne 16. »Dort gehen alle hin«, sagt der Vater, er meint Gunter Sachs und Gerd Bucerius und Rudolf Augstein. Er sagt, dass sein Auto popelig sei gegen die anderen Autos auf dem Parkplatz der Buhne 16 und er geradezu ein Bettler. Er begrüßt die Leute in den Strandkörben, als seien es seine Freunde. Das Mädchen muss an Hamburg-Barmbek denken, den Kindergarten, Sonja und ihre Freunde dort, die wohnen in winzigen Wohnungen, und diese Leute hier sprechen von ihren Häusern auf Sylt, in Hamburg und auf Teneriffa, selbst für die Ferien haben sie Häuser.

Trotzdem liebt das Mädchen die Weite der Landschaft, den Duft, der über den Dünen liegt, den Holzgeruch, der aus dem Steg unter ihren Füßen kommt, das Meer, das Umschlagen der Wellen.

Der Vater liebt das Meer auch, es erinnert ihn an Danzig, die Stadt, in der er aufgewachsen ist.

Sie gehen zur »Sturmhaube« und in die »Kupferpfanne« essen, und sie wohnen, wenn sie zusammen dort sind, in einer kleinen Pension in Kampen mit einem Strandkorb im kleinen Gärtchen, in dem der Vater manchmal sitzt und seine Artikel schreibt. Der Vater läuft immer nackt am Strand, weil er ohne Streifen braun werden will. Er erklärt der Tochter, dass FKK-Baden Freiheit bedeutet. Man brauche auch nicht nach dem Baden in der nassen Badehose zu frieren.

Das Mädchen macht sich Sorgen, dass die Leute denken könnten, sie sei womöglich seine Freundin. Ihr Vater sagt das häufig: »Die denken alle, du bist meine neue Freundin.« Er findet das gut. Meist ist sie die einzige Tochter, die anderen sind mit ihren Geliebten hier, ihre Frauen sind zu Hause. Im Strandkorb klärt der Vater sie dann auf: Wer mit wem zusammengehört, welche die Ehefrau, welche die Geliebte ist und wer gerade wem die Geliebte ausgestochen hat, all so was erzählt der Vater ihr.

Wenn das Mädchen dabei auf den Boden sieht, ruft der Vater, Kopf hoch! Wenn du hübsch werden willst, musst du immer drauf achten, dass du keine krummen Schultern bekommst. Brust raus, Bauch rein! Dabei haut der Vater dem Mädchen auf den Rücken. »Deine Tanten haben früher auch ständig auf den Boden geguckt, die haben nicht auf mich gehört. Jetzt haben sie krumme Rücken, das haben sie davon.« Und wo er gerade dabei ist, sagt er noch weitere blöde Dinge über die Tanten, die das Mädchen doch so gern hat.

Das Mädchen blickt den Vater nicht an, sondern schaut den Strand entlang. Bei den Dünen sieht sie plötzlich wirklich eine ihrer Tanten, die hier auch gerade Ferien macht, ihr Mann ist dabei und ihre Kinder. Freundlich grüßen sie, freundlich grüßt der Vater zurück. Wenn die wüssten, was er gerade über sie gesagt hat, denkt das Mädchen.

Am Boden liegen Steine. Auch Miesmuscheln liegen da, schwarze, glänzende Muscheln, wie es sie in List am Hafen zu essen gibt. Vor ihr liegt eine, die noch fest geschlossen ist. Die geschlossenen darf man nicht essen, sagte der Kellner im Fischrestaurant. Am Strand kann man sie ins Meer zurückwerfen, damit sie noch weiterleben können. Das Mädchen holt aus und schleudert die Muschel ins Wasser.

»Was hältst du davon«, sagt der Vater, »wir werden jetzt eine schöne Frau mit einem zwölfjährigen Jungen suchen, damit es für uns beide passt.« Er blickt das Mädchen an und sagt, sie brauche sich keine Sorgen zu machen, dass sie noch nicht hübsch sei, das komme noch. Frauen würden erst durch die Liebe schön. Erst wenn sie geliebt würden, bekämen sie weiblichere Formen. Am Abend denkt das Mädchen darüber nach, ob das stimmt. Plötzlich findet sie sich auch zu wenig weiblich. Hoffentlich kommt das noch.

Der Vater schimpft oft mit seiner Tochter, weil sie keine vornehmen Manieren hätte, man müsse sich mit ihr schämen, sagt er, da sie keinen Fisch und keinen Hummer auseinandernehmen könne, ein vornehmes Lokal ginge mit ihr gar nicht. Wenn sie in einem Lokal sitzen, und es gibt Fisch, dann sitzt das Mädchen mit rotem Kopf da und braucht ewig, um die Gräten herauszupulen und hat noch dazu Angst, sich an einer zu verschlucken. »Das liegt am Kindergarten«, sagt der Vater, »ich werd's dir schon beibringen, ich konnte das früher auch nicht, wegen dem Krieg.« Darüber lacht er mit seinen Freunden. Ulrike sagt: »Das ist Unsinn. Hauptsache, es schmeckt!«

Einmal hat sie in Lurup ihre Periode und starke Unterleibsschmerzen. Da bettet Ulrike sie auf das Sofa und wickelt sie in eine schwarzweiße, flauschige Decke ein. »Damit die Bauchschmerzen aufhören«, sagt Ulrike. Das Mädchen fühlt sich wie im Himmelbett. Als der Vater nach Hause kommt, sagt er, sie soll sich nicht anstellen, das gehöre nun mal zu einem Frauenleben, das könne gar nicht wehtun. Ulrike erwidert: »Was weißt du denn davon? Man kann nicht für einen anderen Menschen wissen, was der für Schmerzen hat. Lass sie in Ruhe!«

Eines Tages sitzt die Mutter da und weint, ein Student sei erschossen worden, bei einer Demonstration, im Radio bringen sie dauernd etwas darüber. Benno Ohnesorg heißt er. Einer der Polizisten hat ihn erschossen, obwohl er nichts getan hatte.

Überall demonstrieren nun die Studenten, auch in Hamburg auf der Moorweide. Es war beim Schahbesuch, dazu hat auch Ulrike einen Artikel geschrieben. Den hatte das Mädchen in der Zeitung des Vaters gelesen. Der Schah von Persien lebt selbst in goldenen Palästen und lässt sein Volk hungern.

In Lurup sieht sie im Fernsehen Bilder aus dem Vietnamkrieg und aus den USA, wo die Schwarzen Aufstände machen, Ulrike und ihr Vater unterhalten sich ernst darüber.

Dann gibt es wieder Streit zwischen dem Vater und Ulrike. Er ist betrunken, er schreit und gebraucht all seine Schimpfworte, wie bei der Mutter und seinen anderen Frauen. Das Mädchen hört alles mit, weil sie neben dem Schlafzimmer schläft. Ulrike beschwört den Vater, wegen der Kinder leiser zu sein, es schade ihnen, wenn sie das hören müssten. Er lacht und steigert sich in seine Wut hinein. Ulrike wehrt sich gegen seine Vorwürfe, aber sie rechtfertigt sich nicht für etwas, was sie nicht getan hat. Sie bleibt ruhig, er schreit. Das Mädchen liegt hellwach und hat Angst. Irgendwann spricht der Vater sanfter, er spricht schmeichelnd. Die Worte werden leiser.

Das Mädchen schämt sich, dass sie lauscht, sie kann nicht aufhören, sich zu schämen. Sie glaubt ihrem Vater die zärtlichen Worte nicht, mit denen er sie jetzt betört, sie glaubt ihm nur die lauten und bösen Worte. Sie liegt da und kann nicht schlafen und dabei fühlt sie, dass alles wie ein Spiel ist, was er tut: Erst brüllen, dann beleidigen, dann schlagen, dann entschuldigen, dann versöhnen. Er macht es immer so, es ist wie in einem Spiel, wo er die Oberhand behalten will. Das Mädchen wünscht sich, dass Ulrike standhaft bleibt.

Am nächsten Tag ist es, als sei nichts gewesen, Ulrike und der Vater sind wieder nett miteinander. Das Mädchen ist erleichtert. Wenn sie sich gut vertragen, ist der Vater weniger angeberisch. Ulrike und er sprechen dann von gleich zu gleich, sie wollen etwas erreichen, wollen die Welt zum Guten verändern, mit Hilfe der Zeitung. Ulrike nennt ihn dann Mäusebär, und er ist nett und lustig.

Am Sonntag fahren sie zusammen in den Wald und picknicken, wandern, laufen. Ulrike hat einen Kartoffelsalat in einem runden Thermosbehälter dabei. Sie essen auf der Decke im Wald, die Kinder spielen.

Der Vater kann seine Freundlichkeit nie lange behalten, erklärt Ulrike dem Mädchen, er meint es nicht böse, aber er kann einem dadurch sehr wehtun. Viele Menschen mögen ihn, weil er ihnen so schön Mut machen kann, viele Leute hat er gefördert, viele haben ihm etwas zu verdanken.

Als der Vater wieder einmal tobt und schreit, sagt Ulrike mit leiser Stimme: »Es geht so nicht weiter, du musst etwas tun, du bist krank. Mach eine Psychoanalyse, ansonsten kann ich nicht mit dir zusammenbleiben.«

Das war gut, denkt das Mädchen. Endlich. Der Vater sagt nichts mehr, er räumt nur ruhig den Tisch ab. Später lacht er. »Nein«, sagt er, »ich werde nicht zum Psychoanalytiker gehen, der wird mir die Lebensfreude nehmen.«

Das Mädchen macht sich Sorgen um die Zwillinge. Haben sie den Streit belauscht? Wie viel bekommen sie mit? [redacted]

Das Mädchen sagt immer, wenn sie nach Lurup fährt: »Ich fahre zu Ulrike und den Kindern«, nie sagt sie: »Ich fahre zu Papi.«

Ulrike wirkt nun manchmal niedergedrückt, für die Kinder hat sie aber immer Zeit, gute Laune, Geduld und Freude. Ulrike unterbricht jedes Gespräch für die Kinder, findet Antworten auf Fragen, schlichtet behutsam Konflikte.

Der Vater wirft Ulrike vor, dass sie keine Zeit für Haushalt und Kinder habe, verlangt aber gleichzeitig, dass sie mehr Zeit in der Firma verbringen soll, denn je mehr sie schreibt, desto höher sind die Auflagenzahlen. »Es ist Gold wert, was du schreibst«, spottet er.

»Ich schreibe es nicht um des Geldes willen«, sagt Ulrike, »aber es ist gut, wenn es sich verkauft, dann wird es gelesen.«

Ulrike und der Vater sind umgezogen. Sie haben in Blankenese eine Villa gekauft. Die ist sehr schön, alt und mit drei Stockwerken. Sie suchen zusammen Möbel aus. Jugendstil. Ulrike sagt, sie habe ein schlechtes Gewissen, so ein großes Haus. Aber kaufen ist besser als mieten, da haben sie etwas Festes. [redacted]

Das neue Kindermädchen heißt Almut. Der Vater nennt sie »Almute, die Gute«. Einmal nimmt Almut das Mädchen abends mit auf die Reeperbahn, als Ulrike mit den Kindern verreist ist. Da sitzen Gitarrenspieler um einen Brunnen herum und spielen, das Mädchen sieht das erste Mal »Gammler«. Sie bleibt stehen. Sie sehen friedlich aus. Die Gitarrenspieler tragen Parka und lange Haare, sie sitzen und reden und singen traurige Lieder: *We shall overcome, we shall overcome, we shall overcome some day-ay-ay-ay…*

Ulrike und der Vater schauen oft politische Sendungen wie *Report* oder *Panorama*, in denen irgendetwas aufgedeckt wird. Ulrike wird dann sehr ernst. Ein Moderator nach dem anderen musste gehen, erklärt sie, weil sie zu kritisch berichtet haben. Das geht doch nicht, was die da tun, sagt

Ulrike zum Vater. Nach der Sendung fährt Ulrike das Mädchen nach Hause.

»Man muss politisch eingreifen«, erklärt sie im Auto, »wir haben die Pflicht dazu. Unsere Eltern haben es nicht getan und sind daran krank geworden. Unseren Kindern zuliebe müssen wir etwas gegen den Krieg tun, es ist ihre Zukunft, sie sollen noch leben können in dieser Welt. Uns sollen sie später nicht vorwerfen, dass wir nichts getan haben. Wir dürfen nicht weggucken.«

Spaziergang am Blankeneser Höhenweg mit dem Vater. Man kann die Schiffe sehen, sie fahren die Elbe entlang. Unten ist ein kleiner Strand. Das Mädchen und der Vater steigen die Treppen hinab. Der Vater presst sich eng an sie. »Wir gehören zusammen«, sagt er. Er greift nach ihrer Hand. Das Mädchen fühlt sich geborgen, aber gleichzeitig starr, ein komisches Gefühl. Der Vater spricht mit sanfter Stimme. Sie wandern durch hohe Bäume an den Strand. Sie sehen ein Lagerfeuer mit Jugendlichen. Plötzlich umarmt der Vater das Mädchen und schluchzt.

Später beugt er sich über seine Tochter und sagt fröhlich: »Das ist doch praktisch, du bleibst mir immer. Das ist toll, finde ich.« Das Mädchen fühlt sich unbehaglich. Sie beobachten die Schiffe, bis der Vater sagt: »Weißt du was? Es wäre das Beste, wenn nur ältere Männer die jungen Mädchen entjungfern würden. Die würden es viel zärtlicher machen.« Das Mädchen sieht die Dampfer ziehen und die Lagerfeuer flackern, wo die jungen Leute sind. »Ältere Männer sind viel einfühlsamer«, fährt der Vater fort. »Sie lehren die jungen Mädchen alles auf zärtliche Art, in Ruhe, mit Erfahrung.« Das Mädchen hat plötzlich Angst, will aufstehen, zurückgehen. Als sie losgehen, umarmt er sie. Er hat einen weichen Pelzmantel an, der riecht gut. »Schade, dass ich es nicht tun darf«, sagt er dann, »bevor so ein pickliger Junge kommt und alles verdirbt. Aber das geht nicht, wegen der Inzestschranke.«

In der *Bravo* und auch in der Zeitung des Vaters ist immerzu die Rede von all diesen Dingen, aber das Mädchen findet es doch seltsam, wenn der Vater mit ihr über so was spricht. Sie kann sich auch nicht vorstellen, dass ihr irgendetwas davon je Spaß machen wird. Es macht ihr eher Angst.

»Haut heißt Haut, weil man darauf haut«, sagt er zum tausendsten Mal und batscht das Mädchen unter ihrem Rock, wie immer. Das Mädchen presst die Beine zusammen. »Es ist bald vorbei mit der schönen Haut«, sagt er, »nun lass mich doch mal!«

»Nein«, sagt das Mädchen und schaut aus dem Autofenster. Das Mädchen schämt sich plötzlich ihres Minirocks, bei dem man immer die Beine zusammenhalten muss.

Im Zimmer des Vaters, im Arbeitszimmer, im Flur, auf dem Küchentisch liegen Bilder und Zeitschriften herum, überall nackte Frauen. Der Vater braucht sie für seine Zeitung. Er erklärt, dass nicht jedes Bild passe, etwas Verstecktes, Geheimnisvolles müsse immer dabei sein. »Die ganz jungen Mädchen sind die hübschesten«, erklärt er. Er zeigt ein riesiges, dunkles Plakat, auf dem ein ganz junges Mädchen an einem Tisch lehnt und an sich hinabschaut. Der Vater fährt mit den Fingern über das Bild und streicht die Formen des Mädchens nach. Dem Mädchen ist seltsam zumute. Erst als er draußen ist, schaut sie sich die Bilder an, wie etwas Verbotenes. Ihre Blicke gleiten die Körper der Mädchen entlang, auch sie liebt das Kindliche an den Mädchen, manche blicken traurig, sehnsuchtsvoll. Auf eine gewisse Art fühlt sie sich ihnen verwandt. Sie stellt sich ihren Vater mit den Mädchen vor, sein höhnisches Gesicht, seine kleinen Klapse, seine Bemerkungen. Sie schaudert, die Mädchen tun ihr leid, wie sie da eingefroren stehen. Sie können sich nicht bedecken, müssen vor aller Welt ausgezogen an den Kiosken hängen. Das Mädchen stellt sich vor, sie selbst würde da an den Kiosken verkauft.

Der Vater bringt eines Tages ein Luftgewehr mit, stellt es ins Arbeitszimmer. Als Ulrike das sieht, wird sie wütend und sagt, dass sie so etwas nicht in ihrem Haus haben will. »Bring's weg!«, sagt sie, »in den Keller, oder sonstwo hin, ich will das Gewehr nicht sehen. Ich kann nicht dauernd ein Gerät ansehen, das man nur gebaut hat, um andere zu töten.« Der Vater räumt das Gewehr in den Keller und spricht nicht mehr drüber.

Der Vater besteht darauf, dass Ulrike zu einer Party mitkommt. »Ich kann nicht ohne dich hingehen«, schreit er, »alle kommen mit ihren Frauen!« Dann gibt es Streit wegen der Garderobe: Wählt sie etwas Schönes aus, so schimpft er sie nuttig, wählt sie etwas Unscheinbares, nennt er es einen Sack und will so nicht mit ihr gehen, er macht jedes Kleid schlecht, nichts passt ihm. Wenn Ulrike gar nicht mitgehen will, bittet er sie, er sagt, wenn er allein dort sei, frage man bloß nach ihr, an ihm Kotzbrocken fände doch keiner einen Gefallen, alle wollten nur sie sehen, die Meisterin des Wortes, deshalb müsse sie unbedingt mit. Ulrike lacht dann und sagt, er sei ein Schmeichler.

Die beiden streiten sich oft vor und nach Partys. Ulrike meint, sie habe Besseres zu tun. Der Vater meint, sie müssten sich dort präsentieren, es diene der Firma, das Establishment aufzusuchen. Wenn sie spät in der Nacht zurückkommen, wacht das Mädchen häufig von ihrem Streit auf.

Der Vater bewundert Ulrike, fragt sie oft Dinge, die er nicht weiß. Er sagt immer, er habe eigentlich von nichts eine Ahnung. In der Schule habe er viel versäumt durch den Krieg und nachher hatte er keine Lust mehr. Keine Wissenschaft, von der er auch nur den Schatten einer Ahnung habe, Mathe, Physik, Chemie, darin sei er eine komplette Niete gewesen. Bei allem anderen hätte er sich immer durchgeschmuggelt. Er wisse nichts, da er nie ein Buch gelesen habe, denn als halbes Kind sei er in den Krieg geschickt worden, dort habe er den Respekt vor den Erwachsenen gründlich verloren. Den Erwachsenen hätten sie danach nichts mehr geglaubt. Mit den Füßen auf dem Tisch und eine Zigarette im Maul, so habe er in der Klasse gesessen, die Lehrer haben sich nichts zu sagen getraut. Erst Heil Hitler und dann plötzlich gottesfürchtig, da hätten die Schüler nur gelacht. Es hätte ihn nur immer zum Theater gezogen, Regie sei das gewesen, was er wirklich gut konnte.

Ulrikes Wissen ist fundierter, ihre Bildung imponiert ihm, er kann mit ihren Argumenten nicht mithalten. Sie ist bei einer Professorin groß geworden. Ihre Mutter war Lehrerin.

Wenn der Vater Ulrike ärgern will, bezeichnet er sie als naiv und gutgläubig. Sie lacht nur darüber, behält aber in den Diskussionen stets das letzte Wort. Immer argumentiert sie und urteilt nie vorschnell wie er. Sie ist geduldig, wenn er herumbrüllt. Oft sagt sie Unerwartetes. Und immer vertritt sie einen eigenen Standpunkt.

Nach einem Papitag steigt das Mädchen aus dem Auto ihres Vaters. Da hält er sie noch mal zurück: »Übrigens, Anja! Ulrike und ich werden uns trennen.«

Das Mädchen starrt den Vater an. Der sagt, scheinbar lustig: »Alles hat ein Ende, nur die Wurst hat zwei.« Das Mädchen versteht nicht. Was passiert nun mit den Kindern? Und Ulrike? Ich werde sie nie wiedersehen, denkt das Mädchen, während sie auf die Blinklichter seines Armaturenbretts starrt. Nun ist Ulrike auch allein mit ihren Kindern, wie ihre Mutter mit ihr. Und wo ist sie jetzt? Ihr Vater sagt, er wisse es nicht genau, vielleicht in Berlin.

Später besucht sie den Vater in dem Haus in Blankenese, das nun fast leer ist. Die Teppiche sind weg, man sieht den Holzfußboden. Der Vater grölt im Keller und trinkt und schießt mit dem Luftgewehr, endlich dürfe er das, das sei doch erfreulich, sagt er. Er prostet anderen Männern, Freunden aus seiner Firma mit Whisky zu. Es ist laut. Das Mädchen hört den Lärm bis in die Zimmer der Zwillinge, die kahl und verlassen sind. Die Spielsachen, Bücher und Malkästen, alles ist verschwunden.

Ich habe ihnen nicht Tschüß gesagt! Ich weiß nicht, wohin sie gegangen sind! Das Mädchen geht in den Garten. Sie schließt die Augen und sieht die Zwillinge vor sich. Ich werde sie nie mehr wiedersehen, denkt das Mädchen.

Einzig im Arbeitszimmer des Vaters stehen noch alle Möbel, dort liegen all die Mädchenbilder für seine Zeitung herum, die sie immer schon ansehen musste. Nun hasst sie das alles noch viel mehr. Ihr Vater ist dran schuld, er hat ihr das Liebste genommen, was sie hatte: ihre Schwestern, für eine kurze Zeit die Illusion einer Familie. Eine Familie, die ein wenig, nur durch die Bande des gemeinsamen Vaters, mit ihr verbunden war. Hier hatte sie sich eingebracht und war nützlich gewesen. Sie hatte in Ulrike einen Menschen kennengelernt, der sie verstanden hatte, wie sich das Mädchen nie zuvor von jemandem verstanden gefühlt hatte.

Nun ist das alles vorbei. Dem Mädchen kommt es vor, als seien Ulrike und die Kinder gestorben, aber niemand trauert um sie. Der Vater lacht nur, und wenn er betrunken ist, schimpft er, tobt durchs ganze Haus und verflucht Ulrike.

Und so kommt es, dass das Mädchen nicht fragt, wo Ulrike und die Kinder denn sind. Sie denkt nicht mal an die Möglichkeit, nach einer Telefonnummer zu fragen.

Da ihre Mutter krank ist, muss das Mädchen für einige Tage bei ihrem Vater wohnen und von dort zur Schule gehen. Fast jede Nacht treffen sich jetzt Leute im Haus des Vaters. Es ist laut, und die Männer trinken viel Alkohol. Sie hören laute Musik und schießen auf Bilder nackter Frauen im Keller oder auf Telefonbücher, die im Garten an einen Baum gebunden sind.

Der Vater hat sich ein weiteres Gewehr gekauft und veranstaltet im Keller Schießübungen mit Leuten aus der Firma und anderen Journalisten. Dort grölt und lacht und schimpft er herum. Die anderen Männer lachen mit, und alle sind besoffen.

An einem Abend kommt Erich Fried zu Besuch und diskutiert lange mit dem Mädchen. Er sitzt in einem der braunen Ledersessel, spricht sehr langsam und bedächtig, das Mädchen fühlt sich an Ulrike erinnert. Er sagt, dass sie ihn ruhig fragen könnte, was sie wollte.

»Was ist Imperialismus?«, fragt sie, und er erklärt lange und ausführlich, dass Konzerne mit Privatinteressen die Welt untereinander aufgeteilt haben, er spricht vom Ersten und vom Zweiten Weltkrieg. Er benutzt schöne, einprägsame Worte, wie Bilder. Das Mädchen ist zwölf und merkt sich das alles.

Der Vater hat immer Freundinnen. Eine ist die Griechin, wegen der Ulrike angeblich ausgezogen ist. Von der Griechin schwärmt er viel, aber sie ist verheiratet, hat zwei Kinder und ist kürzlich aus Hamburg weggezogen, so braucht der Vater, wie er sagt, noch eine zweite Freundin in Hamburg.

Einmal sitzen der Vater und seine Hamburger Freundin zusammen und hören eine Platte: *Dannys Lieder*, deutsche Übersetzungen von Liedern von Georges Brassens. Kerzen brennen und es ist sehr gemütlich. Plötzlich fällt der Blick des Mädchens auf ihren Vater. Seine Hände wandern zu seiner Freundin, er nähert sich ihr, murmelt zärtliche Worte, dann greift er schnell an ihre Brust. Seine Bewegungen werden schneller und gröber. Das Mädchen überläuft ein Zittern, was tut er ihr?

Das Mädchen geht vorsichtig rückwärts zur Tür, sie will leise aus dem Zimmer. Da stolpert das Mädchen. Im Flur liegt eine Lampenschnur, sie reißt die Lampe zu Boden, greift danach und bekommt einen Stromschlag, es durchzuckt sie, als ob sie tausend Nadeln stechen, und sie stößt einen Schrei aus. Wütend kommt der Vater, schreit sie an und tritt die Tür zu. Das Mädchen rennt schluchzend die Treppe hinauf.

Von unten her tönen Stimmen wie leises Gemurmel. Das Mädchen stellt sich vor, wie die Frau zum Vater sagt: »Geh hoch, sprich mit ihr.« Gleich darauf kommt der Vater die Treppe hoch. Doch das Mädchen hat Angst vor seinen Schritten. Als er reinkommt, macht er kein Licht, er setzt sich zu ihr ans Bett. Sie liegt steif da. Er spricht leise, sagt wieder, dass er ein Arschloch sei, sie drückt sich gegen die

Wand. Langsam wandern seine Hände unter die Bettdecke. Er spricht weiter zu ihr, doch seine Sprache ist schleppend, wie abwesend, seine Hände berühren nun ihren Körper. Sie berühren den zitternden, noch kindlichen Körper des Mädchens. Sie wandern unter die Bettdecke, unter ihr Nachthemd, so wie man kein Kind berührt. Das Mädchen spürt, dass sie nichts sagen darf, dass sie stillhalten, sich nicht rühren soll, so tun, als sei nichts. Sie gibt keinen Laut von sich. Ungestört kann er sie nun betasten, am Bauch, an den Hüften und über ihre noch unentwickelte Brust. Sie starrt mit aufgerissenen Augen in die Dunkelheit.

Ohne zu atmen, liegt sie wach und horcht. Ist er wirklich gegangen? Bald klingen unten wieder ruhige, gleichmäßige Stimmen. Das Mädchen traut sich nicht aufzustehen. Ihr Körper ist ihr fremd, er liegt da wie ein Brett. Mit Mühe gelingt es ihr, sich umzudrehen. Sie versucht, das Muster der Tapete zu erkennen.

Es wird nicht über diese Nacht gesprochen, nie. Der Vater scheint am nächsten Morgen wie immer. Da der Vater so tut, als sei nichts geschehen, tut auch das Mädchen, als sei nichts geschehen. Vielleicht ist es dann weniger schlimm, hofft sie. Doch ist es peinlich, was da geschehen ist, es bleibt eine peinliche Angst in ihr zurück.

Eines Tages ist das Mädchen vom Mittagessen im Kindergarten auf dem Nachhauseweg, da wartet vorn an der Ecke Barmbeker Straße ein Junge. Er stellt sich dem Mädchen in den Weg. Sie hat Angst. Der Junge ist groß und versperrt ihr mit seinem Fahrrad den Weg. Sie zittert. Der Junge steht nur so da. Sein Gesicht ist glatt und gelb mit einigen braunen Leberflecken im Gesicht. »Kommst du mit zu mir?«, fragt er, wartet aber die Antwort nicht ab, legt schon seinen Arm schwer auf ihre Schultern, während er mit der anderen Hand das Fahrrad schiebt. Sie betrachtet die Pflastersteine. Dann geht sie mit ihm und weiß nicht, warum. Sie gehen unter der Hochbahn hindurch zu einer Straße mit roten Backsteinhäusern. Das Mädchen bewegt sich wie ein Automat. Vor einem Haus bleiben sie stehen, und als das Mädchen hinter dem fremden Jungen die Treppe hinaufgeht, denkt sie: Wieso mache ich das hier mit?, und: Wie komme ich hier wieder weg? Doch sein Arm liegt auf ihrer Schulter, und das zwingt sie zu tun, was er will. Sie fühlt nichts mehr.

Sie betreten erst ein dunkelrotes Treppenhaus, dann eine enge Wohnung, die Eltern des Jungen sind nicht da. Er wirft sich auf das obere eines Doppelstockbettes und zieht das Mädchen an den Haaren. Er hält sie so fest, dass sie nicht weg kann. Sie klettert zu ihm hoch und lässt wie eine Puppe alles mit sich geschehen. Es fällt kein Wort. Er drückt seinen Mund auf ihren, seine Lippen fühlen sich kalt an. Plötzlich spürt sie etwas Hartes, es ekelt sie. Sie denkt, das darf niemand wissen, was ich hier tue, sie fragt sich, warum sie nicht wegläuft. Das Mädchen betrachtet die Zimmerdecke, an der Fußballbilder kleben. Sie sieht sich selbst unter der Zimmerdecke, blickt herab auf die, die da liegt. Sie kann nur noch Bewegungen machen, die der Junge ihr abverlangt. Dann zieht der Junge sie aus. Sie ist zu einer Puppe geworden. Ihr Körper gehört dem Jungen. Das Mädchen sieht aus dem Fenster rote Backsteinbauten mit vielen kleinen Fenstern.

Der Junge entdeckt eine Damenbinde in der Unterhose des Mädchens und hält in seiner Bewegung inne, für einen Moment denkt sie, dass sie fliehen könnte. Er zieht ihr die Unterhose wieder an. Sie spürt Erleichterung. Dann dringt er wieder mit einer harten Zunge in ihren Mund und legt sich nun ganz auf das Mädchen. Die Augen des Mädchens fixieren wieder die Fußballbilder.

Als er genug hat, steht er auf und lässt sie los. Sie darf sich ihr Kleid wieder anziehen. Danach schiebt der Junge sie wortlos vor die Tür. Sie rennt los. Erst an der überübernächsten Straßenecke schaut sie sich um. Den ganzen Weg von der Hauptstraße bis zu ihrer eigenen Straße rennt sie, über viele Ampeln, an vielen Geschäften vorbei, sie rennt und rennt, schneller, ohne Pause. Das darf niemand erfahren, denkt sie. Dass ich so war. Das so was passiert ist. Zu Hause zittert sie noch viele Stunden lang.

Am nächsten Tag ist er wieder da, diesmal vor der Haustür des Mädchens. Woher weiß er, wo ich wohne?, fragt sie sich. Er spricht nicht, drückt nur gegen die Tür und sie in den Flur. Schnell lässt das Mädchen ihn rein und zieht hinter ihm die Tür zu. Ich will nicht!, denkt sie, kann es aber nicht sagen. Schon greift er nach ihrem Körper, und sie lässt alles geschehen. Was ist das?, denkt das Mädchen, was passiert hier?

Bald liegt sie auf ihrem Bett, er schwer auf ihr. Sie betrachtet die Möbel ihres Kinderzimmers, als wären es fremde Gegenstände. Der gelbe Kanarienvogel im Käfig auf dem Schreibtisch singt. Sie denkt: Er ruft mich, er ruft mir Trostworte zu. Sie sieht sich in Gedanken zu ihm hinfliegen, nur weg von diesem, was so schwer auf ihr liegt, der Junge über ihr keucht und etwas drückt hart gegen ihren Bauch.

An den nächsten Tagen will das Mädchen immer erst die Tür fest zuhalten, aber er ist jedes Mal stärker. Er steckt seinen Fuß in die Tür, und sie muss ihn dann hineinlassen, damit er keinen Lärm macht. Nie reden sie miteinander.

Diesmal hört das Mädchen, bevor der Junge sich ausgezogen hat, plötzlich einen Schlüssel im Schloss. Die Mutter. »Du musst sofort gehen!«, sagt sie, plötzlich hellwach. Der Junge sucht seine Schuhe. Das Mädchen springt auf und stürzt zur Wohnungstür, zerrt die Mutter von dort in die Küche und hält die Küchentür von außen zu. Die Mutter tobt, das Mädchen hält die Tür fest. Erst als der Junge gegangen ist, lässt sie die Mutter frei. Sie hat ihn nicht gesehen, das ist das Wichtigste.

Die Mutter ist außer sich. »Was soll das?«, schreit sie, schimpft und droht. Sie schüttelt ihre Tochter. »Ich muss wohl öfter mal so früh nach Hause kommen! Was habt ihr gemacht?« Die Mutter sucht in allen Zimmern und auf der Straße, aber der Junge ist verschwunden.

Das Mädchen sitzt da und schweigt. Sie ist erleichtert, dass die Mutter gekommen ist, doch sie kann unmöglich erzählen, was passiert ist.

Das Mädchen ist jetzt wieder viel allein. Sie hat sich vom Mittagstisch abgemeldet, damit sie den Jungen nie wieder treffen muss. Am Nachmittag hat sie nun viel Zeit, denn Sonja hat nun andere Freunde. Das Mädchen liest. Sartre: *Das Spiel ist aus, Die Wörter, Geschlossene Gesellschaft.* Sartre scheint die Frage umzutreiben: Wofür lebt der Mensch? Das interessiert auch das Mädchen. Sie liest von Gorki: *Meine Kindheit,* von Scholochow: *Der stille Don,* sie riecht die Gräser in den weiten russischen Ebenen, von Tolstoi: *Anna Karenina,* und von Flaubert: *Madame Bovary,* sie identifiziert sich mit den unglücklichen Menschen in den Büchern. Sie liest auch Tschechows Geschichten, dann Tucholsky, Brecht, Böll, auch Simone de Beauvoirs *Memoiren einer Tochter aus gutem Hause.* Das gefällt ihr, obgleich sie nicht aus einem guten Hause kommt. Sie träumt sich die Schriftsteller zu lebendigen Personen, die sie verstehen. *Schuld und Sühne* von Dostojewski wird ihre Bibel. Wie Raskolnikow in seinem Hinterzimmer, so liegt das Mädchen zu Hause in seinem Zimmer in Hamburg-Barmbek. In der Schule ist sie gut in Deutsch und Kunst. Sie interessiert sich für die komplizierten Zusammenhänge zwischen den Menschen, von denen sie in den Romanen erfährt. Sie liest alles, was sie kriegen kann, das Lesen wird ihr zu einem großen, beruhigenden Trost.

Sie lässt die Haare lang wachsen und bindet sie nicht mehr zusammen, sie kauft sich einen Parka und gleicht sich den Gammlern an, die auf dem Mönckebergbrunnen sitzen und Gitarre spielen. Sie widerspricht den Erwachsenen immer öfter. Sie streift mit ihrer Schulfreundin Ina durch die Kaufhäuser, und sie kaufen Romane als Taschenbücher, und manchmal steckt sie wie nebenbei auch Bücher ein.

Doch dann kommt ein neues Mädchen in ihre Klasse. Catrin wohnt in einer schönen Wohnung mit einem großen Zimmer, das sie sich mit ihrem Bruder teilt. Ihr Teil vom Zimmer ist kleiner und hat ein großes Bett, auf dem man gut herumtoben kann. Catrin sagt: »Weißt du, dass ich etwas Besonderes bin? Ich heiße Catrin mit C, obwohl alle anderen Katrin mit K heißen. Meine Eltern haben mich extra so genannt, weil ich etwas Besonderes sein sollte. Wenn ich ein Junge geworden wäre, hätten sie mich Carl genannt – mit C.« Ja, denkt das Mädchen, Catrin ist etwas ganz Besonderes. Bald fahren sie jeden Tag nach der Schule entweder zu Catrin oder zu dem Mädchen nach Hause, dort liegen sie stundenlang halb ausgezogen in den Betten, lachen, toben und unterhalten sich, lesen die *Bravo*, obwohl das Mädchen diese Zeitung eigentlich blöd findet, und kochen sich Tütensuppen.

Catrin bringt dem Mädchen bei, wie man tanzt. Sie hören die Beatles und bewegen sich dazu, indem sie abwechselnd mit den Füßen rechts und links mehrmals auftreten und dazu die Hüften schwingen. Das Mädchen betrachtet Catrins Tanzbewegungen. Sie kann es so gut, was sieht das schön aus! Die eigenen Bewegungen scheinen dem Mädchen dagegen steif und kindlich. Sie will sich auch so schön bewegen können, sie will nicht mehr kindlich sein, sie will erwachsen sein. So schnell wie möglich.

Catrin sagt, dass sie manchmal auf siebzehn geschätzt wird. Sie erzählt, dass sie mit den Freunden ihres Vaters aus war und mit ihnen getanzt hat und von ihnen Rosen geschenkt bekommen habe. Das Mädchen kann sich nicht vorstellen, von Freunden ihres Vaters irgendwann einmal Rosen geschenkt zu bekommen.

»Anja«, sagt der Vater, »am Mittwoch fahren wir in die Harburger Berge.« Das Mädchen freut sich noch immer, wenn der Vater gute Laune hat und mit ihr etwas unternehmen will. »Darf meine Freundin Catrin mit?«, fragt sie ihren Vater. »Klar«, sagt er.

Am Mittwoch verlassen sie das Schulgebäude, ihr Vater ist sogar pünktlich. Er lacht und scherzt, wirkt jugendlich, und Catrin lacht auch. Das Mädchen ist erleichtert, dass der

Vater sich von seiner besten Seite zeigt. Er läuft um das Auto herum und reißt die Hintertür auf, weist die Mädchen auf ihre Plätze. Während der Fahrt ist er weiterhin fröhlich, nach jedem Satz beugt er sich zu ihnen nach hinten. Catrin antwortet. Mit einem Mal stutzt das Mädchen. Etwas beunruhigt sie. Etwas hat sich in die Worte und Sätze, die da hin- und hergehen, eingemischt, ein Unterton, Catrins Wangen röten sich. Als sie anhalten, springt ihr Vater aus dem Auto und hilft Catrin beim Aussteigen. Es ist etwas geschehen. Catrin reicht ihrem Vater die Hand, er nimmt sie, Catrin lacht, ihr rotes Cape weht. Der Vater nimmt sie und führt sie über einen matschigen Weg. Catrin stolpert, der Vater hält sie fest. Das Mädchen wartet, schaut ihnen nach, schnürt seinen Schuh zu. Catrin und ihr Vater drehen sich nicht um, unbeirrt laufen sie einen Waldweg entlang. Unter den Bäumen legt der Vater den Arm um die Schulter der Freundin, Catrin lacht hell auf.

Anschließend im Restaurant: Der Vater bietet Catrin doch tatsächlich eine Zigarette an. Sie ist doch erst zwölf Jahre alt. Das Mädchen spürt Wut in sich aufsteigen.

»Gib mir auch eine!«, sagt sie trotzig. Verdutzt dreht sich der Vater um, bemerkt das Mädchen, sie scheint ihn zu stören, er schüttelt den Kopf. Höhnisch sagt er: »Das müssen wir wohl noch üben, Anja!«, und lacht.

Auf der Rückfahrt sitzt das Mädchen schweigend hinten, Catrin ist vorn eingestiegen. Das Mädchen möchte die Stimme des Vaters nicht mehr hören, wie er mit Catrin spricht. Sie kurbelt das Fenster herunter und streckt den Kopf in den Wind. Sie war meine Freundin. Jetzt ist sie seine geworden. Sie möchte ihren Kopf noch weiter aus dem Fenster hängen lassen, so dass er gegen die vorbeifliegenden Bäume knallt. Sie stellt sich das genau vor. Da plötzlich wird ihr klar: So ist es, wenn man liebt.

Wie durch ein Wunder bleiben sie zunächst weiter befreundet, als habe der Ausflug gar nicht stattgefunden. Am letzten Schultag vor den Osterferien machen sie sich Fischstäbchen mit Kartoffelsalat. Gerade stehen sie auf, da kommt der Vater, um das Mädchen abzuholen, sie müssen schnell zum Flughafen. Er ist hektisch und will, dass sie sofort ihre Sachen packt. Catrin steht da und schaut ihnen zu, sie wird nirgends hinfahren, sie wird in Hamburg bleiben, während das Mädchen mit dem Vater nach Gran Canaria fährt. Das Mädchen läuft ins Zimmer und packt ihre Sachen. Sie rennt hin und her, kommt zurück. Da prallt sie gegen zwei Personen, Catrin und der Vater stehen im Flur und umarmen sich. Es ist eine innige Umarmung, Catrin verschwindet ganz und gar in den Armen des Vaters.

Im Flugzeug wird dem Mädchen übel. Der Vater sagt, sie solle sich nicht anstellen. Am Flughafen werden sie von seiner Freundin, ihrem Mann und ihren zwei kleinen Kindern abgeholt. Der Vater umarmt und küsst die Frau genauso innig, wie er es eben noch mit Catrin gemacht hat. Diese Frau ist die griechische Geliebte des Vaters, mit der er heimlich zusammen ist.

Während des Urlaubs spielt das Mädchen oft mit den Kindern der Geliebten, sie bleibt bei ihnen, wenn die Erwachsenen etwas anderes vorhaben.

Der Mann der Griechin ist am Tag immer mit dabei. Nachts treffen sich die beiden Liebenden am Strand oder in dem Zimmer, das der Vater und das Mädchen miteinander teilen. Dort wird das Mädchen nun Zeuge dessen, was der Vater Beischlaf nennt. Sie versucht, schnell einzuschlafen, aber das kann sie nicht. In den Nächten, in denen der Vater die Griechin nicht mit ins Zimmer genommen hat, schwärmt er von ihr, er ist sehr verliebt. Er erzählt dem Mädchen von ihrer Haut, ihrem Geruch, ihrem Haar, ihrer Figur. Am Abend zeigt er dem Mädchen im Spiegel seinen von der Freundin im Orgasmus zerkratzten Rücken.

Drei Wochen dauern die Ferien. Dann geht das Mädchen wieder zur Schule. Sie freut sich drauf, Catrin wiederzusehen. Das Mädchen stürzt strahlend auf sie zu, doch Catrin bleibt steif. Sie zieht sie zur Treppe, um mit ihr zu reden. Sie erklärt dem Mädchen, sie könne nicht mehr mit ihr befreundet sein, denn sie habe sich in ihren Vater verliebt, und deshalb habe ihr eigener Vater den Kontakt mit der ganzen Familie bei Strafe verboten. Daraufhin dreht sie sich um und geht. Als die Stunde beginnt, hat sich Catrin schon umgesetzt, in die andere Ecke des Raums.

Nie wieder werden sie miteinander zur Bahn gehen, nie mehr werden sie zusammen tanzen, nicht mehr zu ihr nach Hause, nicht mehr zu Catrin, keine Heirat zwischen ihrer Mutter und Catrins Vater, wie sie es sich einstmals ausgemalt hatten.

Das Mädchen will nicht mehr leben, sie wirft sich alle Nachmittage aufs Bett und weint, jeden Tag, viele Wochen lang.

Im Winter 1968 verlässt Catrin die Schule, da ihr Vater eine neue Frau gefunden hat, die in einem anderen Stadtteil wohnt. An ihren letzten Tagen in der Schule lockert Catrin ihr Redeverbot. Sie kommt auf das Mädchen zu und flüstert aufgeregt: »He, Anja, stell dir vor, was gerade Stefanie da vorn zu mir gesagt hat, sie liebt mich, stell dir das vor! Die ist wohl lesbisch.« Es rauscht dem Mädchen in den Ohren. Nein, ich bin nicht gemeint, fällt ihr ein, und sie fühlt große Erleichterung. Sie fragt möglichst unbefangen: »Wie geht's denn so?« Und Catrin spricht ganz normal weiter und lacht sogar.

Danach darf das Mädchen Catrin einmal besuchen, in einem Haus mit Garten am Stadtrand. Sie ist kaum wiederzuerkennen. Ihre Stiefmutter hat ihr die Haare kurz geschnitten, und sie trägt ein kariertes Wollkleid, das ihr zu klein ist. Verlegen schaukeln sie zusammen, mit ins Haus kommen darf das Mädchen nicht. Catrin findet es gut, dass ihre Stiefmutter jetzt über sie bestimmt. »Es ist gut für mich«, sagt sie, »nun habe ich wieder ein normales Familienleben und darf noch einmal Kind sein.« Catrin darf nicht aus dem Haus gehen, nur im Garten mit ihren fünf Stiefgeschwistern spielen, muss nach der Schule sofort nach Hause kommen, muss »Mutter« zu ihrer Stiefmutter sagen. Das Mädchen erschauert. »Das ist besser für mich«, beharrt Catrin. Das Mädchen fühlt sich unwohl. Bevor sie gehen muss, schaut sie Catrin noch einmal an und sieht in den Augen dieselbe Traurigkeit wie früher.

Im Urlaub hat ihr Vater ein blaues Telegramm bekommen. Ein Attentat auf Rudi Dutschke. Danach zogen sie sich ins Nebenzimmer zurück, das Telegramm haben sie liegen gelassen: ›Rudi Dutschke erschossen‹. Das Mädchen hat das Telegramm an sich genommen, sie weiß auf einmal: Das hier geht mich an. Wegen uns, denkt sie, er ist allein wegen uns erschossen worden, und denkt dabei an ihre Schule und ihre Freundinnen in Barmbek und die Demos gegen die Notstandsgesetze auf der Hamburger Moorweide und die vielen Ungerechtigkeiten, die die Studenten immer wieder angeprangert haben. Sie erinnert sich an die Hetze in den Zeitungen: »Dutschke raus!« titelten die und dass man mit ihm »abrechnen« müsse. Die sind verantwortlich für das Attentat, denkt sie.

Zu Hause reißt sie ihre *Bravo*-Poster herunter. Sie findet noch eine von den Zeitungen, die immer so gegen Dutschke waren, die klebt sie an die Wand und lässt rote Farbe darüber laufen, dazu hängt sie ein Bild von Dutschke. Mit schwarzer Schrift schreibt sie quer über die Zimmerwand: Die Revolution stirbt nicht an Bleivergiftung! Dazu hängt sie ein Plakat von Che Guevara.

Nun liest das Mädchen auch politische Sachen. Die schlechten Eigenschaften ihres Vaters erscheinen ihr nun als eine Folge des Egoismus im Kapitalismus, des Konkurrenzkampfs aller gegen alle, er als ein typischer Chef, der immer alle kleinmachen muss, und nur er gilt etwas.

In Hamburg streiken die Schüler gegen die Notstandsgesetze und zu strenge Notengebung. Das Mädchen war auf einem Treffen aller Schulsprecher, sie wollen den Streik auch an ihrer Schule durchführen. Sie verteilen Flugblätter, das wird verboten, dafür bekommen sie einen Verweis. Die

Lehrer wollen wissen, wogegen sich der Streik richte, sie glauben, dass die Schüler nur von den älteren beeinflusst sind. Doch da täuschen sie sich. Das Mädchen und ihre Freundinnen können gut argumentieren und überzeugen eine Klasse nach der anderen. Sie gehen auch auf Demonstrationen zum Republikanischen Club und auf die Moorweide.

Einmal sieht das Mädchen auf einer Versammlung, wie die Polizisten sich wahllos einen jungen Schüler aus der Menge greifen, ihn zu Boden werfen und mit sechs Mann auf ihn einprügeln, er hatte nichts getan. Seine Schreie gellen bis in die angrenzenden Straßen hinein. Das Mädchen sieht fassungslos zu, ruft »Nein!«, und läuft mit den anderen mit. Sie werden in eine Sackgasse gedrängt, die Polizei macht Jagd auf sie. Sie haben nichts anderes getan, als zu demonstrieren. Das wird dann alles noch schlimmer, denkt sie, wenn erst diese Gesetze durch sind, dann darf die Polizei sogar schießen. Andere Meinungen zu haben, soll bekämpft werden, man soll eingeschüchtert werden. Aber das hilft nicht, jeden Tag sind es mehr Leute, die demonstrieren.

Das Mädchen erfährt eines Tages, dass Ulrike mit den Kindern jetzt in Berlin wohnt. Wenn sie möge, könne sie sie ja mal besuchen, [redacted] lässt Ulrike ihr durch den Vater ausrichten. Das Mädchen will so schnell wie möglich dorthin. Sie setzt sich durch, ihr Vater bezahlt sogar den Flug. Er trägt ihr auf, sie solle mal gucken, wie die jetzt wohnen und ihm erzählen, ob sie schon einen Freund habe. Ich lass mich doch nicht zum Spitzel machen, denkt das Mädchen.

Dann steht sie am Flughafen Tempelhof in Berlin und schaut sich um. Die Zwillinge kommen auf das Mädchen zugestürmt. Sie sind richtig groß geworden. »Und ihr geht nun schon in die Schule?«, fragt sie und hockt sich zu ihnen. Ulrike fragt, ob sie Hunger habe. Das Mädchen sagt: »Ein wenig.« Sie fahren direkt zum Athena-Grill am Kurfürstendamm und kaufen Pizza. Ein Stück kostet eine Mark. Schnell isst das Mädchen ihr Stück auf, Ulrike fragt: »Noch eins?«

»Nein, danke«, erwidert sie, aber Ulrike sagt: »Wir kennen uns doch gut genug. Iss ruhig so viel du magst. Das Mädchen staunt und merkt, dass sie wirklich noch Hunger hatte. Sie isst noch zwei weitere Pizzastücke, ganz ohne Scheu.

Die Wohnung in Berlin-Dahlem ist voller Leben. Ulrike sagt: »Ich wollte erst extra aufräumen, aber dann dachte ich: Du gehörst schließlich dazu, und du sollst es so sehen, wie es hier normalerweise aussieht.« Die Beschreibungen des Vaters stimmen überhaupt nicht, es ist gar nicht dreckig, es ist auch nicht schlampig. Es gibt hunderte Bücher, und es ist schön bunt, es gibt ganz viele Sachen. [redacted]

Abends, als die Zwillinge im Bett sind, sagt Ulrike: »Weißt du, wie gut ich mich hier fühle? Früher habe ich geglaubt, dass man das nie alleine schaffen kann, ich dachte, man braucht einen Mann und dazu noch ein Hausmädchen. Aber jetzt habe ich weder das eine noch das andere und komme prima klar! Es gibt Freundinnen, die mir helfen, und außerdem entwickelt man Organisationstalent ... es gibt auch viel weniger Streit.« Sie macht eine Pause und sagt dann ernst: »Aber natürlich ist es schwierig. Alles, was ich hier mache, beäugt Papi misstrauisch [redacted]«

Das Mädchen schweigt betroffen, und Ulrike sagt beruhigend: »Wir führen im Moment viele Telefonate, und meistens ist er dann ganz einsichtig. Aber das hält nicht lange vor. Das ist alles verdammt schwierig, wird sich aber schon bessern. Jedenfalls musst du aufpassen und darfst nicht alles glauben, was er über uns erzählt.«

»Mach ich sowieso nicht«, sagt das Mädchen, »ich mach mir meine eigenen Gedanken.«

»Das ist gut«, sagt Ulrike, »aber es ist nicht einfach, wenn der, den man lieb hat und auf dessen Liebe man angewiesen ist, einem etwas sagt, dann kann man oft nur schwer dagegen an.«

»Ja«, sagt das Mädchen, »das stimmt.«

Das Mädchen kommt nun öfter zu Besuch nach Berlin. Einmal bringt sie ein kleines Kätzchen mit. Es ist schwierig, mit dem Kätzchen zu fliegen, aber das Mädchen hält es geduldig fest. Plötzlich fällt ihr ein, dass sie Ulrike gar nicht um Erlaubnis gefragt hat. Doch Ulrike ist gar nicht sauer, sondern freut sich.

Wenn die kleinen Schwestern schlafen, sitzt sie mit Ulrike in der Küche, und sie sprechen wie Erwachsene miteinander. Ulrike schenkt ihr ein Buch, es heißt *Emanzipation und Ehe*. »Hier, das kannst du ja mal lesen. Ich hab darin auch etwas geschrieben.« Das Mädchen sieht auf das Buch, es ist in orangefarbiges Leinen gebunden. Sie liest noch am selben Abend, was Ulrike geschrieben hat. Sie bewahrt das Buch auf wie einen wertvollen Schatz.

Als sie Ulrike und die Zwillinge das nächste Mal besucht, ist etwas Schlimmes passiert, es stand in allen Zeitungen. Ulrike war mit Leuten aus Berlin gekommen, sie waren vor die Villa in Blankenese gezogen und haben dort Möbel aus dem Fenster geworfen. Das war unheimlich. Als das Mädchen mit Ulrike alleine ist, fragt sie danach.

Ulrike sitzt ganz ruhig da, dreht mit den Fingern Papierschnipsel zu kleinen Röllchen. Nach einer Pause antwortet sie: »Gut, dass du fragst, ich wollte auch schon davon anfangen, dir das Thema aber nicht aufdrängen. Die haben das in der Presse verzerrt dargestellt. Wir wollten mit ihm reden, weil wir mit manchem nicht einverstanden sind, was er in seiner Zeitung neuerdings macht. Als wir kamen, stand schon Polizei vor der Tür der Redaktion. Als die Genossen aus Berlin das sahen, sind sie wütend geworden: Los, gehen wir zur Villa, nach Blankenese! Ich konnte sie nicht aufhalten. Das ist keine gute Lösung, das bringt nichts, habe ich gesagt, ich wollte ein Gespräch vermitteln, aber sie stürmten schon los, ich mit dem Auto hinterher, zu spät. Als ich ankam, war alles schon geschehen.« Sie sagt, sie sei nicht einverstanden gewesen und dass die Presse genau zu dem Zeitpunkt kam, als sie durch den Garten ging. Da hatten sie ihre Story von einem Rachefeldzug der enttäuschten Ehefrau.

Die Situation in Hamburg-Barmbek ist unerträglich geworden. Häufig streiten das Mädchen und ihre Mutter sich und weinen am Ende beide.

Wieder einmal hat sie sich eingeschlossen. Die Mutter will herein, droht, weint, schreit und hämmert gegen die Tür. Das Mädchen rührt sich nicht. Jetzt droht die Mutter mit schrecklichen Worten. Sie hat Angst, dass das Mädchen vielleicht Drogen nimmt, weil sie nur noch stumm und mit abgewandtem Gesicht durch die Wohnung schleicht. Das Mädchen packt einen Stuhl und wirft ihn gegen die Tür, es kracht, ein Loch ist auf ihrer Seite der Tür entstanden.

»Lass mich in Ruhe!«, schreit das Mädchen.

Das Zimmer ist zu einem Gefängnis geworden. Das Mädchen läuft viel draußen herum, sie streift durch das Einkaufszentrum Hamburger Straße, ohne etwas einzukaufen, sieht nur die Leute an. Alle haben jemanden, denkt das Mädchen, ich nicht, ich bin allein.

Eines Tages ruft Catrin an. Sie erzählt, dass sie im neuen Schuljahr wieder ins Internat geht. Sie halte es nicht mehr bei der Stiefmutter und den neuen Geschwistern aus. Das Internat sei nicht teuer, sagt sie. Das ist eine Idee, denkt das Mädchen.

»Ich gehe ins Internat«, sagt sie bald darauf zu ihrer Mutter, »das ist für uns beide gut.« Das Geld kann von dem genommen werden, was der Vater zahlt, denkt sie. Sie schaut die Mutter nicht an. Das Mädchen kann die Tränen ihrer Mutter nicht sehen, sie hat Angst vor ihnen.

Nach den Ferien ist es soweit. Die Mutter bringt sie hin, ins Nordseeinternat. »Willst du das wirklich?«, fragt sie unsicher. Als sie das Haus betreten und das Mädchen all die

Schuhe im Eingangsbereich sieht und den charakteristischen Geruch riecht, der sie ans Heim erinnert, zögert sie kurz. Aber ein Blick auf die Mutter überzeugt sie vom Gegenteil. Sie kann nicht mehr zurück. Sie weiß, dass es so zu Hause nicht weitergehen kann, sie werden sich immer wieder streiten, sie muss weg, ihren eigenen Weg gehen. Sie ist vierzehn Jahre alt.

Die Landschaft ist schön, Dünen und Meer. Doch im Internat hat man von dieser Schönheit nichts. Es liegt an einer Landstraße, weit abgelegen. Es dauert über eine Stunde zu Fuß zum nächsten Dorf oder zum Meer. Catrin ist zwar auch im »Mädchenhaus«, aber mit anderen befreundet. Hier sind viele Kinder reicher Eltern, niemand außer dem Mädchen kommt aus einer Mietwohnung in Barmbek. Am Wochenende werden die anderen von Eltern in großen Autos abgeholt. Das Mädchen bleibt lieber auch am Wochenende im Internat.

Die Besuche zu Hause sind quälend. Einmal kommt die Mutter nachts an ihr Bett und sagt: »Du wirst immer jünger und hübscher, und ich werde immer älter und hässlicher.« Dieser Satz macht dem Mädchen fürchterliche Angst. Nachts träumt sie, die Mutter wolle ihr etwas tun, sie bemerkt es, springt auf, sie kämpfen miteinander, da ist ein Messer in den Händen der Mutter, die Mutter erhebt es gegen sie, das Mädchen legt ihr die Hände um die Kehle, drückt zu, die Mutter sticht in sie hinein, Blut fließt, das Mädchen wacht schweißgebadet und schluchzend auf.

Fortan vermeidet sie jede Begegnung mit der Mutter. Zum Abendessen setzt sie sich gar nicht mehr hin, nimmt nur noch eine Stulle und geht dann in ihr Zimmer. Die Mutter schreit ihr hinterher, dass sie unmöglich sei, und weint dann. Das Mädchen will ihrer Mutter nicht wehtun. Sie will von ihr nur akzeptiert werden, aber das gelingt nicht.

Eines Tages findet sie im Bad eine Rasierklinge und steckt sie ins Portemonnaie. Damit fühlt sie sich gut, frei, selbstbestimmt. Wenn sie auf der Straße ist, nimmt sie nun manchmal die Rasierklinge in die Hand und stellt sich vor, wie es wäre, damit in den Arm zu schneiden und das Blut hinunterlaufen zu sehen. Sie kann nun jederzeit entscheiden, ob sie noch weiterleben will. Ein gutes Gefühl.

Einmal knallt das Mädchen im Streit mit der Mutter so stark die Glastür zu, dass die Scheibe zerbricht. Große Splitter ragen heraus, und Scherben umgeben ihre nackten Füße. Das Mädchen tritt zu, mitten in die Scherben, dass sie zu tausend kleinen Stückchen zerbrechen. Die Mutter beginnt zu schreien. Das Mädchen blickt auf seinen Fuß. Sie ist erleichtert. Sie zieht den Fuß aus den Splittern, er blutet, aber das Mädchen spürt nichts. Als sei es nicht ihr Fuß. So sehen ihre Ferien aus.

Im Internat gibt es ein kompliziertes Reglement von Strafen für verschiedenste Vergehen. Man kann nichts voraussehen, es überrascht einen immer, denn die Vergehen, wie zum Beispiel Minirock tragen, werden einem erst klar, wenn man sie begangen hat. Irgendetwas macht man immer falsch. Sie sind in verschiedenen kleinen Häusern untergebracht, das Mädchen wohnt im Mädchenhaus, die Arrestzelle ist in einem der Jungenhäuser. Sie hat aber gehört, dass trotzdem ein Mädchen dorthin gekommen ist. Sie soll vom Heimleiter persönlich an einen Bettpfosten gebunden und ins Gesicht geschlagen worden sein, weil sie mit Haschisch erwischt wurde.

Gern wird den Mädchen gedroht, dass sie aus dem Heim fliegen. Davor haben sie am meisten Angst. Man hört Geschichten: Eltern hätten ihre Kinder gleich nach der Entlassung in die Fürsorge eingewiesen oder in die Psychiatrie, wo sie angeschnallt wurden und betäubende Spritzen erhielten. Zurück nach Hause? Niemals! Die Eltern, da sind sich die Internatskinder alle einig, sind die schlimmeren Feinde.

In der neuen Klasse ist es fremd und seltsam. Die Jungen sind noch sehr klein, während die Mädchen alle mit Jungen aus den höheren Klassen gehen. Die Lehrer sind langweilig und anstrengend. Der Deutschlehrer liest mit ihnen kindische Texte.

Das Mädchen freundet sich mit Jessi an. Mit Jessi redet sie über Künstler und Schriftsteller und Bücher. Sie geben sich Bücher weiter, sie lesen zusammen. Auch Jessi kennt alles, was das Mädchen liest, sie lieben es, sich in ihren Büchern zu verlieren.

Jessi erzählt ihr von ihrem Zuhause, wo es immer zu wenig Wärme gab. »Das kenne ich«, sagt das Mädchen. Jessis echter Vater ist ein berühmter Maler, darauf ist sie stolz, doch er will nichts von ihr wissen. Der neue Mann der Mutter ist ein Schriftsteller. Aber die Eltern streiten sich viel. »Das kenne ich auch«, sagt das Mädchen.

Das Mädchen hat den Zwillingen ein Paket mit Spielsachen nach Berlin geschickt, sie hat geschrieben, dass sie jetzt ins Internat gehe und dass sie sie beide vermisse und sie liebhabe.

Eines Mittags wird der Name des Mädchens aufgerufen, als Post verteilt wird. Es ist ein dicker Brief von Ulrike. Der Brief ist mit der Schreibmaschine geschrieben. Das ist gut, auf eine Schreibmaschinenseite passt mehr drauf als auf eine handschriftlich geschriebene, und es sind viele Seiten.

Ulrike schreibt warm und besorgt, sie schreibt, dass sie von ihrem Vater gehört habe, dass es ihr nicht gutgehe im Internat, da es dort zu streng sei. Sie bemüht sich einzugehen auf das, was das Mädchen ihr geschrieben hatte. Sie meint, dass sich hinter äußerlichen Verboten wie Rock- und Haarlänge oft andere Verbote verbergen würden, mit denen in solcherart Heimen die Mädchen fertiggemacht würden. Wichtig sei aber, dass man zu Jungs und Mädchen ein Verhältnis haben kann, wie es einem die eigenen Gefühle eingeben und nicht, wie es andere vorschreiben, und dass man alles so machen darf, wie man möchte.

Sie schlägt vor, dass Papi ihr vielleicht mal einen Auslandsaufenthalt verschaffen könne, in England oder Frankreich, so dass sie in den Sprachen sicher würde.

Das Mädchen liest die Sätze und hört Ulrike reden, sie

erlebt es wie ein großes Wunder, dass sich eine Erwachsene so eingehend mit ihren Angelegenheiten beschäftigt, und wenn sie einen Sinn drin sähe, könne sie, Ulrike, es auch gern einmal alles mit ihrer Mutter durchsprechen.

Es sei gut, wenn sie eine Clique bilden könnten. Leider sei es oft nicht einfach, Freundschaften zu bilden, je strenger die Institutionen seien, desto schlechter sei der Zusammenhalt. Ulrike wolle sie unterstützen in der Tendenz, sich nicht alles gefallen zu lassen, sie solle prüfen, ob genug Spielraum da ist, in dem man noch atmen kann oder nicht.

Das Mädchen ist gerührt, wie selbstverständlich Ulrike annimmt, ihr Vater müsse etwas für sie und ihre Ausbildung tun. Das Mädchen denkt gar nicht an solch eine Möglichkeit. Es fällt ihr schon immer so schwer, um das Geringste betteln zu müssen, aber dass sie von ihm etwas einfordern kann, auf irgendetwas ein Recht hätte, daran hat sie noch nie gedacht.

Das Mädchen lässt den Brief sinken. Die Freundin sagt: »Du hast es gut. Ich habe noch nie einen so schönen Brief bekommen.« Das Mädchen erwidert: »Ich auch nicht.«

Abends im Bett stellt sich das Mädchen vor, wie sie in Berlin in eine Schule gehen wird, um die Ecke Ulrike und die Zwillinge. Sie stellt sich auch die Berliner Wohnung vor und wie sie den Zwillingen bei den Schularbeiten hilft. Tagelang trägt sie den Brief mit sich herum.

Beim zweiten Brief freut sich das Mädchen noch mehr, sie zögert das Öffnen des Briefes hinaus. Sie geht zu Jessi ins Zimmer, sie machen es sich in den Betten gemütlich. Während sie den Brief öffnet, bleibt ihr Blick an der Bettstange hängen, ein Doppelstockbett aus grauem Metall. Es ist dunkel im Zimmer, die Zimmer sind eng, neben den Doppelstockbetten stehen für jedes Mädchen ein Stuhl und ein Schrank, vor dem Fenster ein Tisch. Dort breitet sie den Brief aus.

Ulrike erklärt ihr, dass autoritäre Erzieher einerseits quälen, mit Verboten und Beschimpfungen, andererseits wieder lieb und nett sind, so dass man es sich mit ihnen nicht verderben möchte, weil man ja auf Freundlichkeit nicht verzichten könne. Ohne diese Kommentare zu leben, ohne diese Zustimmung, sei aber so wichtig, die Liebe der Erwachsenen sei ja immer davon abhängig gemacht worden, ob man lieb und artig war und so müsse man immer fürchten, dass, wenn man nicht artig sei, sie einen nicht mehr lieben, und ohne dass einen einer lieb habe, könne man ja schließlich nicht leben.

Die Bedürfnisse und Ansprüche der Kinder könnten einfach nicht allein von Eltern oder einer Mutter erfüllt werden. Da müssten noch andere Kinder dazukommen und mehr Erwachsene, und deshalb sei es wichtig, dass Linke Kinderläden gründen, in denen die Kinder ein eigenes Kollektiv bilden könnten, das unabhängig von den Kommentaren der Erwachsenen und ihren dauernden Eingriffen sei und dass Eltern versuchen in Wohngemeinschaften zu leben, in denen mehrere Erwachsene für die Kinder da seien.

Was ist das Schöne an diesen Worten? Es ist so schön, weil Ulrike so viel Verständnis für die Menschen hat, das bringt das Mädchen beinahe zum Weinen. Sie liest weiter: Sie und ihre Mutter, schreibt Ulrike, hätten es beide immer sehr schwer gehabt und daher viel Grund, innerlich eine große Wut zu haben. Und die Wut könne man natürlich immer nur demjenigen gegenüber loslassen, der einem am nächsten sei, wo andere Hemmungen wegfallen. Und da helfe es wirklich manchmal, wenn man sich einfach trennt, damit man seine Wut mal woanders loslassen könne, damit man das Verhältnis zu dem, der immer noch einer der wichtigsten für einen ist, nicht überstrapaziere. Deshalb kriege man ja dann auch ein schlechtes Gewissen, weil man denjenigen, demgegenüber man die Wut nur loslassen könne, gleichzeitig nicht verlieren möchte. Sie möchte sie ein bisschen darin bestärken, die Erzieherin abzulehnen und sich gegen eine innere Abhängigkeit zu wehren. Sie beschreibt es genau und sensibel, sie solle versuchen, das Verhältnis zu ihr ein wenig mehr selbst zu bestimmen – freundlich und unfreundlich, denn dieses Fräulein hätte ja genauso große Angst davor, dass die Mädchen sie ablehnen, nur habe sie mehr Machtmittel in der Hand. Das sei genau auch das Problem mit ihrem Vater, den sie durchweg »Papi« nennt, ihm gegenüber könne das Mädchen ja wahrscheinlich auch nie richtig auftrumpfen, weil er dann so ärgerlich werde, dass sie es auch wieder nicht aushalten könne. Und sie setzt noch hinzu, wenn sie einmal das Gefühl habe, auch von ihr, Ulrike, verschaukelt zu werden, dann solle sie das rauslassen, sie anmotzen. Sie habe immer das Recht, sich auch gegen sie zu wehren.

Dann erzählt sie noch, dass sie momentan aus der Wohnung geflüchtet seien, weil da eine fürchterliche Baustelle sei, die ihren Kopf krank mache, und dass sie jetzt bei Freunden wohne, weil die gerade verreist seien, und dass sie eine schöne große Wohnung suche, wo andere auch dazuziehen können, so dass sie eben mit den Kindern nicht mehr so allein sei und so wegen Kräftemangel keine falschen Sachen mache.

Gestern habe sie einen Prozess gehabt, bei dem ihr Anwalt fürchtete, dass Gefängnis mit Bewährung herauskomme, es sei aber ein Freispruch geworden, das sei noch wegen Ostern '68 und Aktionen gegen Springer gewesen und dem Anschlag auf Rudi Dutschke. Zwanzig Zeugen hätte die Staatsanwaltschaft bestellt – alles Polizisten. Die großen starken Männer hätten völlig verschüchtert vor Gericht gestanden, obwohl doch andere, nicht sie, angeklagt gewesen seien. Ulrike verspricht ihr, demnächst Bücher zu schicken. Sie solle sich nicht in die Suppe spucken lassen.

Das Mädchen kauft im einzigen Laden in der Nähe des Internats zwei Teddybären und noch einige Kleinigkeiten und macht daraus ein Geburtstagspäckchen für die kleinen Schwestern. Eigentlich will sie den Brief von Ulrike schnell beantworten, so viel ist ihr dazu eingefallen, aber sie kann keinen richtigen Anfang finden, es ist eine Unruhe in ihr, keine Ruhe, es ist etwas, was sie ihr gern sagen, etwas, über dass sie mit ihr sprechen will. Doch sie schiebt das Antworten auf. Wieder trägt sie den Brief überall mit sich herum.

Tagsüber bestimmt anderes den Alltag. Ein anderes Mädchen ist mit einem Minirock erwischt worden und hat Hausarrest bekommen. Sie diskutieren das abends in den Betten, wie kann es so etwas geben? Warum soll das so schlimm sein? Für einen Minirock Hausarrest?

Der Hausarrest besteht im Wesentlichen darin, dass man die wenigen Momente, die man in diesem Internat Ausgang hat, drinnen bleiben muss. Der erste Ausgang beginnt nach dem Mittagessen, um 13.30 Uhr und geht bis 15 Uhr, dann beginnt die Schularbeitszeit, die findet unter Aufsicht im großen Saal statt. Um 18 Uhr gibt es Abendessen und ab 18.30 Uhr dürfen die Achtklässler, zu denen das Mädchen gehört, bis 19.15 Uhr rausgehen. Diese kurze Zeit wird einem beim Hausarrest gestohlen. Die einzigen Stunden, über die sie selbst bestimmen dürfen. Meist spazieren sie da nur im nahe gelegenen Wäldchen umher und reden miteinander. Ins Dorf kommen sie in der kurzen Zeit nicht und auch nicht zum Strand. Man würde es nicht pünktlich zurück schaffen. Ab der neunten Klasse, erzählt ihnen Fräulein Treptow, dauere der Abendausgang bis halb acht, ab der zehnten bis 19.45 Uhr, ab der elften bis 20 Uhr.

Die Jugendlichen können keine eigenen Pläne machen, keine Ideen entwickeln, sie langweilen sich über Stunden. Abends der Gang in den Waschraum, ausziehen, waschen, Zähne putzen, das machen sie mit vielen zusammen. Das Mädchen kennt all das von den Heimen, in die sie verschickt war, die Waschräume riechen alle gleich, man steht nackt über sein Becken gebeugt und wäscht sich mit einem Waschlappen, erst oben, dann unten, es gibt keine Duschen oder Badewannen. Während des Waschens reden und lachen die Mädchen und betrachten sich gegenseitig. Fräulein Treptow ist dann meist recht aufgeräumt, kommt auch oft dazu, scherzt mit ihnen herum, macht Bemerkungen darüber, wen sie mag und wen nicht, sie läuft rum und bewertet die Mädchen. Zu dem Mädchen sagt sie: Du hast mich enttäuscht, von dir hatte ich zuerst eine bessere Meinung. Das Mädchen hat keine Ahnung, was die Frau meint, es kommt ihr wie ein Trick vor. Sie merkt aber, dass sie das im Gegensatz zu den Bemerkungen der Mutter zu Hause überhaupt nicht verletzen kann. Richtig erleichtert ist sie, als ihr das bewusst wird.

Das Mädchen kickt mit dem Schuh einen Stein fort und freut sich, dass es ihr einfach egal ist, was dieses Fräulein Treptow behauptet. Untereinander lachen die Mädchen viel, man kann sie nicht unterkriegen. In den Waschräumen geht es recht wild zu, sie bespritzen sich mit Wasser, klauen sich die Seife, jagen zwischen den Waschbecken hin und her, bis Fräulein Treptow hereinrast und »Ruhe im Saal!« brüllt.

Die Herbstferien sind düster, das Mädchen hat keinen Kontakt mehr zu ihren früheren Schulkameradinnen, und mit der Mutter allein etwas zu unternehmen, dafür verstehen sie sich zu schlecht.

Kaum ist sie zurück im Internat, hat sie Zeit. Sie setzt sich dazu an den kleinen Tisch in ihrem Zimmer und schreibt auf blauem Briefpapier. Plötzlich geht es, plötzlich findet sie die Worte. Etwas in dem Brief von Ulrike hat sie dazu ermutigt. Fast schien es ihr, als wollte Ulrike ihr dazu einen Wink geben. Ganz vorsichtig hatte Ulrike etwas angedeutet. Über den Vater, dass sie nicht tun müsse, was er wolle, dass er kein Recht auf sie habe. Und nun fließen ihr die Worte nur so aus der Feder, und sie vertraut Ulrike an, was sie nie vorher jemandem erzählt hat, sie schreibt ihr, dass der Vater einmal angetrunken nachts in Blankenese in ihr Zimmer kam und er sie dann umarmt und gesagt habe, dass sie ihm immer bliebe, und dass sie seither Angst vor ihm habe. Von den Berührungen spricht sie nicht. Daran zu denken, macht ihr schon Angst, das auszusprechen schafft sie nicht.

Ulrike antwortet schnell. Sie schreibt, dass die Einsamkeit der Erwachsenen deren Sache sei und ein Kind dies niemals zu verantworten habe und lädt sie wieder zu sich ein. Sie könne gern Weihnachten kommen, schreibt sie, in ihre neue, schöne Wohnung nach Berlin, die Zwillinge würden sich sehr freuen, und sie würden das eher lustig feiern, nicht so feierlich. Dann erzählt sie noch von einer Reportage über Heimkinder, an der sie gerade arbeite.

Doch leider wird nichts aus der Idee. Es klappt nicht, Weihnachten zu Ulrike und den Kindern zu fahren. Das Mädchen schafft es einfach nicht, ihre Mutter zu fragen, ob sie ausgerechnet Weihnachten zu Ulrike und den Kindern fahren kann. Denn ihre Mutter plant, Weihnachten mit ihr zu Oma Erna zu fahren. Das machen sie dann auch. Dort bekommt das Mädchen so starke Bauchschmerzen, dass die Ärzte auf Blinddarmentzündung tippen, im Januar muss sie ins Krankenhaus, der Blinddarm wird herausgenommen.

Die nächsten Ferien sind erst zu Ostern, aber auch da wird es nichts mit einem Besuch in der neuen Wohnung bei Ulrike.

Inzwischen hat sie Tobias kennengelernt, aus der elften Klasse. Er hat ihr in einem Brief mitgeteilt, dass er sie kennenlernen wolle, dann hatte er ihr unvermittelt auf der Straße gesagt, dass er sie liebe. Das Mädchen weiß nicht, ob auch sie in Tobias verliebt ist, sie glaubt es nicht. Doch sie geht mit ihm mit, weil sie ihn nicht enttäuschen mag.

Tobias raucht gern Haschisch, das machen sie nachts in einer Garage. Das Mädchen mag kein Haschisch.

Mit Tobias und anderen Jugendlichen treffen sie sich jetzt oft nachts, sie steigen aus den Fenstern, die zum Garten hinaus liegen, das ist abenteuerlich. Das gute Gefühl, das sie dabei haben, kommt allein dadurch, dass sie etwas machen, was nicht vorgesehen ist, ein winziger Akt von Freiheit. Meist laufen sie die ganze Nacht bloß Straßen entlang.

Tobias und sie wollen das *Kapital* lesen, obgleich sie gehört haben, dass es sehr schwierig sein soll. Einmal sagt Tobias: »Die Juden sind an allem schuld.« Das Mädchen ist empört: »Was haben dir denn die Juden getan?« Dann streiten sie sich und sie denkt: Ich liebe den gar nicht! Doch sie schafft es nicht, ihm das zu sagen.

Stattdessen steht plötzlich unausgesprochen im Raum, dass sie miteinander schlafen müssen. Alle machen es, die anderen Mädchen brüsten sich damit, dass sie schon mit Jungen geschlafen hätten. Viele reden davon, dass sie die Pille nehmen. Das Mädchen sagt also Tobias, sie müsse sich erst die Pille besorgen.

Die Mutter verschafft ihr beim nächsten Besuch in Hamburg einen Arzttermin. Der Arzt benimmt sich seltsam, er lacht komisch und stellt anzügliche Fragen, ob sie sich öfter untenherum selbst berühre, ob ihr das Spaß mache und wie sie es denn mache, mit dem Finger oder mit etwas anderem. Das Mädchen wird rot, stottert herum. Ihr wird bewusst, dass dies der langjährige Hausarzt ihrer Mutter ist, der auch weiß, dass der Vater eine Sexzeitschrift herausbringt. Das Mädchen fühlt lähmende Angst. »So«, sagt der Arzt, »nun leg dich mal hin, das müssen wir mal untersuchen.« Er befiehlt ihr, sich auszuziehen, sich auf eine Liege zu legen und die Beine auseinanderzunehmen. Wie in Trance macht sie, was er sagt. Er starrt auf ihren Unterleib, plötzlich rammt er wortlos ein kaltes, hartes Gerät in sie hinein. »Bleib so liegen«, sagt er und verschwindet durch eine Seitentür. Das Gerät in ihr schmerzt gewaltig. Draußen hört sie die Sprechstundenhilfe mit anderen Patienten reden, alles scheint normal. Nur sie liegt da, und das Gerät schmerzt bei jeder Bewegung. Als er wiederkommt, geht alles recht schnell, er will sie nun plötzlich gar nicht mehr angucken, schnell zieht er das Gerät raus, schnell soll sie sich anziehen. Sie stolpert auf die Straße.

Später beim Abendbrot mit ihrer Mutter denkt sie an den Arzt, sie kann nicht sitzen, das hält drei Tage an. Sie kann ihrer Mutter nichts davon erzählen.

Die Versuche, in den Dünen mit ihrem Freund zu schlafen, verlaufen schlecht. Es klappt nicht, es tut weh, und sie hat Angst. Warum?, fragt sie sich. Sie weiß, da soll etwas

Gutes passieren, ihr Vater hat ihr tausendmal davon vorgeschwärmt, es ihr in allen Einzelheiten geschildert, aber es tut nur weh. Sie fragt sich: Was ist mit mir? Bin ich nicht normal? Sie schämt sich vor Tobias. Doch sie empfindet ihren Körper wie eine Maschine, die nicht funktioniert, eine Maschine, die sie nicht in Gang bekommt. Und je stärker dieses Gefühl wird, umso mehr fühlt sie sich gezwungen, immer wieder mit ihm in die Dünen zu gehen.

An einem Sonntagnachmittag, die dagebliebenen Mädchen haben sich gerade vom Essen erhoben, stürzt Jessi auf sie zu und fragt aufgeregt: »Weißt du es schon?«

»Was?«, fragt das Mädchen.

»Ulrike wird wegen Mordes gesucht!«

Das Mädchen stürzt am Rand des Tisches herab, versucht sich noch festzuhalten, hat aber keine Kraft mehr. Sie schreit: »Nein!«, weil sie nicht will, dass das wirklich passiert ist, was sie da gerade gehört hat. Mord? Sie sieht ihren Vater tot in einer Blutlache liegen, die Zwillinge weinen, klammern sich aneinander, alleingelassen, zitternd. Wo sind die Zwillinge?, denkt sie, und dass sie sofort zu ihnen muss. Sie sieht Ulrike, über Felder fliehend, gejagt von Polizisten. Sie begreift, dass nichts mehr so sein wird wie früher. Ich werde sie nie wiedersehen, denkt sie. Ulrike ist unglücklich, sie wird ins Gefängnis kommen, wenn sie nicht schon erschossen ist. Das Mädchen malt sich alles aus, einen ganzen Roman.

Jessi ahnt plötzlich, was das Mädchen denkt, denn sie schüttelt die schreiende Freundin: »Nicht deinen Vater! Sie hat niemanden umgebracht. Es ist was Politisches.«

Das Mädchen wird augenblicklich ruhig und kommt langsam vom Boden hoch. Neben ihr liegen lauter umgekippte Stühle. Jessi erklärt, dass Ulrike mit Leuten, die jemanden befreien wollten, aus einem Fenster gesprungen ist, und dabei hat ein anderer geschossen, nicht sie. In dem Moment kommt Fräulein Treptow auf das Mädchen zu und zieht sie brutal am Ärmel, bis in das Büro der Heimleiterin.

Die Heimleiterin fragt mit drohender Stimme: »Was ist das, was soll das?«

Das Mädchen fühlt sich plötzlich ruhig und stark und sagt: »Diese Frau ist die Mutter meiner Schwestern.«

Die Leiterin ruft verächtlich: »Um so einen Menschen lohnt es nicht zu weinen!«

Das Mädchen richtet sich auf. Hinter den beiden Frauen sieht sie einen hellen Fensterausschnitt, die Köpfe verschwimmen wie Schattenrisse. Was wissen die schon, denkt sie, wirft ihren Kopf in den Nacken und sieht die Heimleiterin geradeheraus an.

Wie eine Schlafwandlerin läuft sie danach durch die Räume. Keine Briefe mehr, keine Hoffnungen auf Weihnachten, keine Schule in Berlin, keine guten Gespräche. Sie geht nicht einmal zu Jessi. Sie fragt sich nur eines: Wo sind die Kinder? Sie ruft deshalb sofort ihren Vater an. Aber er weiß es auch nicht.

Irgendwann sieht sie es dann auch im Fernsehen, es wird das Bild gezeigt, an allen Litfaßsäulen hängt es, das Bild von Ulrike. Im Fernsehen wird der Text vorgelesen: »Mordversuch«, heißt es da, und dass sie gefährlich sei. 10000 Mark Belohnung, wenn man sie findet. Das Mädchen fühlt sich wie in einem bösen Traum. Sie fragt sich: Warum wird nur sie gesucht, wo doch jemand anderer geschossen hat?

Immer wieder telefoniert sie mit ihrem Vater, der von seiner Suche nach den Kindern erzählt, dass Ulrike sie in Bremen bei einer Familie unterbringen wollte, bis sie wiederkäme. Er habe die Polizei hingeschickt, aber die Kinder seien schon weg gewesen. Warum hat er die Polizei geschickt, anstatt sie selbst zu besuchen, fragt sich das Mädchen.

Sie lebt nun in einer Art Nebel, der legt sich auf alles, was sie denkt. Die Sorge um ihre Geschwister, die Angst und Trauer um Ulrike, das alles spürt sie nicht mehr, sie läuft herum wie mit ausgelöschtem Gefühl. Tobias findet, dass etwas mit ihr nicht stimmt, er fragt: »Liebst du mich eigentlich?« Das Mädchen antwortet nicht. Sie horcht in sich hinein, da ist kein Gefühl mehr. Sie gehen stundenlang herum und das Mädchen schweigt, sie kann nicht sagen »Ja«, sie kann nicht sagen »Nein«, sie kann überhaupt nichts mehr sagen.

Am Ende des Schuljahres verlässt das Mädchen das Internat und kehrt zurück nach Hamburg an ihre alte Schule. Ihre Mutter hat sie gegen ihren Willen, und ohne sie zu fragen, wieder dort angemeldet. Gerade, als sie sich eingewöhnt, ihren Freundeskreis gefunden hatte. Das Mädchen ist zu schwach, sich zu verweigern. Sie fügt sich, denn alles ist schon ausgemacht, und Tobias verlässt in diesem Jahr auch das Internat.

Undenkbar kommt es dem Mädchen vor, wieder auf eine Mädchenschule zu gehen, sie plant daher, nach der zehnten Klasse die Schule zu verlassen und in eine gemischte Schule zu gehen. Ihre Freundinnen von früher haben sich alle neu orientiert. Sie freundet sich wieder ein wenig mit Ina, ihrer Literaturfreundin, an, aber es gelingt dem Mädchen nicht, an früher anzuknüpfen.

Das Mädchen und die Mutter sprechen wenig miteinander, das Mädchen fängt an zu schreiben. Nie geht sie mit Jungen weg. Tobias schreibt ihr weiterhin, er lädt sie ein, nach Koblenz zu kommen, wo er jetzt wohnt. Zweimal besucht sie ihn dort. Doch kann dies nur heimlich geschehen, sie sagt ihrer Mutter, sie fahre mit dem Vater nach Köln, trampt dann aber nach Koblenz. Meistens sind sie bei den Besuchen draußen, streunen in den Straßen herum. Er stellt sie seinen Eltern zwar vor, aber sie muss dann wieder gehen, sie darf nicht bei ihm schlafen. Aber wo sonst? Also lässt er sie heimlich wieder in die Wohnung und versteckt sie unter seinem Bett. Das ist sehr seltsam, unter seinem Bett zu liegen, während seine Mutter in den Raum tritt. Das Mädchen liegt dort wie nicht mehr da.

Tobias hat große Angst vor seinem Vater. Oft ist er verzweifelt und voller Wut auf ihn. Tobias hat wunderschönes, schulterlanges blondes Haar. Sein Vater verlangt, dass er es abschneide. Doch Tobias weigert sich, darüber ist sein Vater sauer. Oft ist er jähzornig und laut. Wenn das Mädchen mit Tobias diskutiert, spricht dieser aber manchmal selbst wie sein Vater, und das erschreckt das Mädchen und darauf angesprochen, streiten sie sich.

Einmal nimmt sie Tobias mit zu ihrem Vater, in die Firma. Tobias ist für ihn ein »verdruckster Hascher«, den er lächerlich findet. Er wechselt kein Wort mit ihm.

Ein Anruf von ihrem Vater, sie solle kommen, die Zwillinge seien wieder da. Der Vater beschreibt ausführlich, mit wie vielen Behörden er zusammengearbeitet hat, um die Kinder zu finden. Viele verschiedene Spuren seien verfolgt worden. Wo immer sich zwei kleine blonde Kinder zeigten, hätte sich gleich das FBI auf deren Fährte gesetzt. Schließlich wurden sie in Sizilien gefunden. Ein Freund, Stefan Aust, brachte sich in Kenntnis des Losungsworts, mit dem die Kinder einem Boten von Ulrike hätten übergeben werden sollen. Er kam damit Ulrike um einen Tag zuvor.

So habe er sie nun heimgeholt, erklärt er dem fassungslosen Mädchen. Die Kinder seien in Blankenese, sie brauche nur zu kommen, die Kinder fragten schon nach ihr. Das Mädchen fährt augenblicklich.

Die Zwillinge [redacted] laufen dem Mädchen entgegen. [redacted] Das Mädchen fragt sie nicht aus. Sie fährt nun wieder, wie früher, einmal pro Woche zu ihnen.

Vor der Haustür steht die Kripo. Der Vater sagt, er sei gerüstet gegen einen Entführungsversuch. Im Keller habe er ja außerdem sein Gewehr. Der Vater spricht zynisch, er redet schlecht von Ulrikes Freunden, denen er den Tod wünscht, besonders Baader. Das Mädchen hat in seiner Nähe immer noch Angst vor seiner plötzlich ausbrechenden Wut. Wenn er trinkt, grölt er im ganzen Haus herum.

Der Vater braucht Hilfe für die Kinder. So kommt Emmi

ins Haus, die Mutter von Wolf Biermann, sie zieht in ein Zimmer in der Villa.

»Ich tue es für Ulrike«, sagt sie dem Mädchen, wenn sie abends gemeinsam vor dem Fernseher sitzen. »Für niemanden sonst«, setzt sie hinzu, denn sie ist sauer auf den Vater. Er kümmert sich ihrer Meinung nach zu wenig. Morgens, sagt sie, schlafe er [redacted] mittags gehe er in die Firma und anschließend noch zu Konferenzen, die in Kneipen stattfänden.

Am Wochenende fährt der Vater oft nach Köln zu seiner griechischen Geliebten, mit der er dort eine geheime Extrawohnung hat. Einmal nimmt er seine drei Kinder mit und führt sie stolz in dem kleinen Domizil herum.

Abends sitzen Emmi und das Mädchen oft zusammen. Emmi erzählt von ihrer Verfolgung und dem Widerstand gegen Hitler. Sie ist traurig, dass ihr Sohn, der in Ostberlin lebt, sie nie besuchen darf, nur sie dürfe ihn besuchen. Emmi sagt, sie könne nicht dauerhaft bei ihrem Vater im Haus bleiben, was schade sei, denn sie halte viel von Ulrike und wolle ihr gern diesen Gefallen tun, sie tue es als Genossin, und die Kinder täten ihr leid, aber sie schaffe es kaum noch.

Irgendwann gibt sie auf und der Kontakt zum Mädchen bricht ab. [redacted] Der Vater ruft das Mädchen oft an und fragt, ob sie übers Wochenende bei den Zwillingen bleiben kann. Das Mädchen macht das gerne.

In der Zeitung des Vaters sind nun immer mehr nackte Frauen zu sehen. Das Mädchen zeigt unverhohlen ihr Missfallen darüber, dass ihr Vater sein Geld mit Pornografie verdient.

Zu Hause droht die Mutter dem Mädchen, sie werde ihretwegen noch sterben, wie zum Beweis muss das Mädchen nachts oft den Notarzt holen. Die Mutter liegt dann da, stöhnt, wird abgehört, später beugt sie sich übers Waschbecken, weint, übergibt sich und fasst sich ans Herz: »Du bist so hartherzig, so kalt.« Oft sitzt das Mädchen vor dem Fernseher, und wenn die Mutter nach Hause kommt, mag sie nicht mehr da sitzen und verlässt das Wohnzimmer.

Einmal, nach einem besonders heftigen Streit mit der Mutter, greift das Mädchen in die Schränke des Badezimmers und leert alle Tablettenschachteln, die sie finden kann, wirft sie in ein Wasserglas und trinkt es aus. Sofort danach weiß sie nur eins: Ich will leben! Sie läuft ins Einkaufszentrum, spricht eine Bekannte an und findet sich in der Entgiftungsklinik wieder.

Später kommt eine Psychologin, und die Mutter sitzt am Bett und weint. Das Mädchen ist ungeheuer erleichtert, noch zu leben, sie schämt sich, sie weiß plötzlich, was Leben bedeutet. Nie wieder!, denkt sie, nimmt die Rasierklinge aus dem Portemonnaie und wirft sie weg.

Zu der Psychologin sagt sie die Wahrheit: »Ich kann nicht mehr mit meiner Mutter leben. Ich möchte zu Hause ausziehen.«

Als das Mädchen aus dem Krankenhaus kommt, sieht sie ein neues Fahndungsplakat hängen, Angst packt sie, sie will daran vorbeilaufen. Verstohlen wirft sie doch einen Blick darauf, sieht sich jedes einzelne Gesicht an. Es macht sie wütend, denn die Leute sind extra dunkel abgebildet, als ob man sich schon schuldig fühlen müsste, wenn man sie nur anschaut. Ulrike sieht trotzig aus, blond, kurzhaarig, und mit Traurigkeit im Blick. Das Mädchen hofft, dass sie nicht getötet wird. Immer wieder denkt sie: Erschießt sie bloß nicht!

Sie hört jetzt jede Nachrichtenmeldung, sie hat Angst, dass dort gesagt wird, Ulrike sei erschossen oder verhaftet worden. Manchmal träumt sie, dass sie Ulrike auf der Straße begegnet. Sie erkennen einander, dürfen sich aber nichts anmerken lassen. Ich würde sie nicht verraten, denkt das

Mädchen, ist aber trotzdem froh, dass sie sie nicht zufällig trifft.

Es herrscht eine schreckliche Stimmung auf den Straßen, andauernd Kontrollen, eine Freundin der Familie wird mit Ulrike verwechselt und fast auf offener Straße erschossen.

Man tut, als seien Ulrike und ihre Freunde die schlimmsten Verbrecher, die es je gegeben hat. Das Mädchen will nichts davon hören und sehen, sie wartet. Eines Tages wird sie wieder auftauchen, hoffentlich überlebt sie die Verhaftung, weiter kann das Mädchen nicht denken.

Der Vater redet immer von den Waffen, die er für Baader bereit halte, falls dieser bei ihm auftauche. »Der soll nur kommen!«, sagt er. Seiner Meinung nach zwinge Baader Ulrike, in der Gruppe mitzumachen, und verhindere, dass sie sich bei der Polizei melde. Der Vater hält Ulrike allein für zu schwach, so etwas mitzumachen. Also müsse jemand anders sie da reingezogen haben.

Immer wieder spricht er über Entführungen, wie eine Sensation, die vor der Tür steht. Das scheint ihm Spaß zu machen. Wie er dem Kind früher Detektivgeschichten erzählte, so redet er jetzt von Lösegeldforderungen und behauptet, dass Baader die Zwillinge entführen werde.

DIE JUNGE FRAU

Das Mädchen ist eine junge Frau geworden. Unmerklich ist das geschehen. Sie selbst sieht sich noch nicht als eine Frau, sie sieht sich noch unvollkommen, jungenhaft, unweiblich. Doch sie hat einen neuen Freund, Horst. Das kam so: Zwei Jungen aus dem Internat waren sie besuchen gekommen und hatten sie eingeladen, mit nach Südfrankreich zu fahren. Die Mutter wollte es erst nicht erlauben, stimmte dann aber zu, als sie die jungen Männer kennenlernte. Beide drängten sich in der ersten Nacht im Zelt an sie. Die junge Frau bekam Angst und drehte sich auf die Seite des Netteren. Danach hatte sie einfach alles mitgemacht. Die Beziehung zu Tobias beendet sie mit einem entschuldigenden Brief.

Der neue Freund ist einverstanden, dass sie sich seine Studentenbude teilen. Die junge Frau möchte sofort zu ihm ziehen, weil sie von zu Hause weg will. Doch sie ist erst sechzehn, noch lange nicht volljährig, erst mit einundzwanzig darf man allein über sein Leben bestimmen.

Als die junge Frau ihre Sachen abholen will, versperrt ihr die Mutter den Weg zu ihrem Zimmer. Erst droht sie, dann schreit sie, dann weint sie, am Ende fleht sie, dass die Tochter sie nicht allein lassen soll. Das Letzte ist das Schlimmste. Die junge Frau rennt in ihr Zimmer, schnappt sich ihre Sachen. Horst kommt ihr zu Hilfe. Gemeinsam schieben sie die Matratze, das Bett raus, die Bücherkisten, eilig zusammengepackt, an der Mutter vorbei. Am Abend liegt die junge Frau bei Horst im Arm. Sie will nicht so hart zu ihrer Mutter sein.

Drei Monate teilen sie und Horst seine Halbwaisenrente, drei Monate fahren sie jedes Wochenende zur Mutter des Freundes nach Kiel und verbringen die Wochenenden dort, bekocht und verwöhnt von einer Familie ohne Streit. »Du bist mir die liebste Schwiegertochter«, sagt Horsts Mutter, wenn die junge Frau ihre Kochkünste lobt und mit ihr auf dem Sofa plaudert.

Im Studentenwohnheim hat die junge Frau, wenn sie von der Schule nach Hause kommt, Angst. Angst, dass man sie abholen kommt, doch die Mutter hat ihre Drohung mit dem Fürsorgeheim bisher nicht wahrgemacht. Das rechnet die junge Frau ihr hoch an.

Nach drei Monaten ruft die Mutter an. Sie fragt vorsichtig, wie es ihr geht. Die Mutter spricht ruhig, freundlich. Sie unterhalten sich eine Weile, und die junge Frau erzählt. Die Mutter hört zu, scheint erleichtert. Die Tochter sagt, dass in der Schule alles gut läuft und das Unterhaltsgeld vom Vater nun direkt kommt. »Das geht aber nicht«, sagt die Mutter, »ich muss doch noch die Miete für dein Zimmer zahlen.« Die junge Frau fragt, ob sie es nicht vermieten könne. »Und wenn du wiederkommst?«, fragt die Mutter zaghaft. »Ich komme nicht wieder!«, sagt sie und spürt, wie das der Mutter wehtut.

Sie ist erleichtert, dass sie keine Polizei mehr zu fürchten hat und kein Heim. Der Vater zeigt sich zunächst ebenfalls erbost über ihren Auszug, sagt, es sei unmoralisch, mit sechzehn mit einem Mann in wilder Ehe zu leben. Glücklicherweise kann er auf sie nicht ganz verzichten, immer wieder braucht er sie zum Beaufsichtigen der Zwillinge, mindestens einen Nachmittag in der Woche und viele Wochenenden. Dem kommt sie gerne nach, auch mit Horst zusammen, den sie dem Vater aber nicht vorstellt.

Horst ist Student, und durch ihn kommt sie mit Studenten und Berufstätigen zusammen, sie entfernt sich von ihrer Altersgruppe. Die Schule empfindet sie wie ein lästiges Pflichtprogramm. Immer öfter gehen sie zu linken Studentengruppen, die gegen den Vietnamkrieg demonstrieren und sich mit dem Marxismus beschäftigen und damit, wie man die Arbeiterklasse, die vor allem die Boulevardpresse liest, erreichen kann.

Über die Rote Armee Fraktion reden sie nie. Die junge Frau schiebt alles, was damit zusammenhängt, weit von sich weg. Geblieben ist bloß die Hoffnung, dass Ulrike überlebt.

Als sie siebzehn ist, gibt es eine »Oberstufenreform«, mit mehr Wahlmöglichkeiten, aber in der Praxis gestaltet sich das schwierig. Man muss Kurse miteinander kombinieren, die man eigentlich gar nicht haben will. Die junge Frau muss in den Lateinkurs, damit sie Deutsch und Kunst machen kann. Doch sie interessiert sich nicht für Latein, auch nicht für Mathe, Chemie oder Physik. Sie mag nur Deutsch, Politik und Kunst. Sie beschäftigt sich in der Freizeit mit den Werken von Marx und Engels, liest über die »Geschichte von unten« von Bernt Engelmann, die im Gegensatz zu ihrem Geschichtsbuch von den Armen handelt, von ihren Revolutionen und ihrem Kampf um die Durchsetzung der Menschenrechte. Der Sozialismus gibt Erklärungen, die der jungen Frau einleuchten. Was Karl Marx schreibt, gefällt ihr.

Sie findet seine Thesen nicht nur menschenfreundlich, sondern auch nachvollziehbar, er ist einer der wenigen, der wirklich alle Menschen gleich wichtig nimmt, er will Knechtschaft und Unterordnung abschaffen. Er will ermöglichen, gemeinsam und in Frieden zusammenzuleben. Die junge Frau ist gegen Kriege, gegen Atomwaffen und gegen Atomkraft, gegen Profite für wenige und Armut für viele. Sie ist für Gerechtigkeit.

Die junge Frau liebt Biermann-Songs und Brecht-Gedichte. Sie ist ins Schulsprecherkollektiv gewählt worden. Ständig gibt es Auseinandersetzungen mit der DKP. Die Leute in der DKP findet sie versöhnlerisch, zögerlich, oft taktisch. Sie streben Einfluss in Gremien an, suchen so schnell wie möglich nach Ämtern. Das finden die anderen Linken, mit denen die junge Frau zusammenarbeitet, falsch, sie wollen die Basis aufklären, mobilisieren, die Menschen zu mehr Stärke und Selbstbewusstsein und direkter Mitbeteiligung bringen. Dazu verteilen sie oft schon morgens früh um fünf selbst verfasste Flugblätter, auch vor Fabriken, wo sie aber kaum mit den Arbeitern ins Gespräch kommen.

Den sowjetischen Kommunismus lehnen sie ab und berufen sich dabei auf Dutschke und seine Thesen einer neuen, antiautoritären und internationalen Bewegung, die sich in basisbezogenen Aktionen und Aufklärung manifestieren soll. Sie lehnen ihn auch wegen Stalin und der Bürokratisierung ab, sie finden ihn verknöchert, reaktionär und menschenfeindlich, sie finden, dass autoritäre Machtverhältnisse dem Kommunismus widersprechen.

In der Schule gibt es eine Gruppe, die SSF heißt – Sozialistische Schülerfront. Es ist die Schülerorganisation des KBW (Kommunistischer Bund Westdeutschland), mit dem auch Horst sympathisiert. Denen schließt sich die junge Frau eine Zeit lang an.

Eines Tages sitzt die junge Frau mit Freunden aus der Schule in einem verrauchten Raum zusammen. Sie diskutieren und sehen Nachrichten. Plötzlich kommt die Meldung, man habe Ulrike Meinhof verhaftet, dann wird sie gezeigt. Die junge Frau starrt auf den Bildschirm wie auf ein Ungeheuer. Sie ist zu keiner Bewegung in der Lage, sie gibt auch keinen Ton von sich. Durch nichts gibt sie zu erkennen, dass Ulrike sie etwas angeht. Sie starrt nur auf den Fernseher und sieht Ulrike zu, wie sie in die Knie geht und ihr Kinn für die Kamera hochgezogen wird, so dass man ihr verzerrtes Gesicht sieht. »Ulrike Meinhof ist soeben in Hannover verhaftet worden«, sagt die Reporterin erneut. Schwarzweiße Bilder von einem am Kinn hochgezogenen Gesicht. Wie dünn sie ist! Die junge Frau muss sofort weg von hier … Sie weiß nicht mehr, was dann geschehen ist.

Danach spürt sie Erleichterung. Ulrike lebt. Ein Glück, dass sie lebt! Jetzt können die Kinder ihre Mutter wiedersehen, denkt die junge Frau.

[redacted]

Kurz darauf hat die junge Frau einen Brief von Heinrich Hannover im Briefkasten. Er ist nicht nur der Schreiber eines Kinderbuches, das Ulrike den Kindern geschickt hat, er ist auch Ulrikes Anwalt. Er schreibt, dass Ulrike die junge Frau gern sehen möchte, ob sie nicht auch Lust habe, sie zu besuchen?

»Ulrike will dich sehen«, sagt auch ihr Vater, »bemühe dich doch um eine Besuchserlaubnis. Ich will sie ja auch besuchen«, setzt er hinzu, »aber mich will sie ja nicht sehen.« Es klingt ungewohnt traurig, als der Vater das sagt. »Dabei weiß ich genau, ich bräuchte nur reinkommen, Riki Baby sagen, schon wär alles klar.« Dann würde sie schwach werden, ihm in die Arme fallen, wie er sagt. Die junge Frau ekelt sich.

Der Rechtsanwalt erklärt, wie sie einen Besuchsantrag schreiben und wohin sie ihn schicken soll. Sie solle darin Ulrike als ihre Stiefmutter bezeichnen, um damit ein Verwandtschaftsverhältnis deutlich zu machen, sonst gehe es nicht. Die junge Frau muss zunächst den Antrag an das Gefängnis schreiben, dann, nach Genehmigung, noch einen an die Sicherungsgruppe Bonn-Bad Godesberg und dort um einen Termin und Begleitung bitten. So sei es eben, sagt der Anwalt, das verlangen sie. Es dauert sechs bis acht Wochen. Sie braucht noch eine Unterschrift ihres Vaters, weil sie erst siebzehn ist. Der Vater sagt: »Merk dir alles, und nachher kannst du es ja vielleicht für die Zeitung aufschreiben.«

Die junge Frau lässt sich vom Vater nach Köln-Ossendorf fahren, weil er den Weg schon kennt, er fährt sie zur Eingangstür des Gefängnisses. Sie geht auf das Eingangsportal zu, seltsam ruhig und entschlossen. Aus einem Auto neben ihr steigen mehrere Herren aus und geleiten sie durch die gesicherten Türen. Die Männer sind so übertrieben höflich, dass der jungen Frau übel wird. Sie spürt genau, dass die irgendetwas von ihr wollen. Nachdem sie durch endlose Gänge gelaufen sind und das Auf- und Zuschließen dutzender Türen ihr in den Ohren rasselt, kommt sie endlich in einen kleinen Raum, wo sie warten soll. Später wird sie abgeholt. Und dann sieht sie jemanden im Gegenlicht, inmitten eines mit Wach- und Begleitpersonen vollgestopften Raums. Ihre Augen müssen sie erst blinzelnd suchen, eine dünn und klein gewordene Ulrike, die wie in unsichtbaren Ketten vor ihr steht. Wie vom Donner gerührt steht die junge Frau da und betrachtet diese gänzlich fremde, in blauen Drillich gekleidete Frau, die eine Zigarette zwischen rot gefleckten Fingern hält. Oh Wunder, sie lächelt ihr entgegen. Nur nicht mitleidig wirken, denkt die junge Frau, das kränkt. Doch wie soll sie verbergen, dass sie das alles ungeheuer schrecklich finde? Sie kommt sich hochmütig vor, dieses Mitleid zu fühlen, kann sich aber nicht dagegen wehren, dass sie bei dem Anblick von Ulrike in dieser Umgebung am liebsten weinen möchte.

Die junge Frau wagt nicht, ein privates Wort an Ulrike zu richten, sie bekommt kaum einen zusammenhängenden Satz heraus. Die Beamten mischen sich in ihr Gespräch ein, dann ist die Zeit auch schon vorbei.

Als sie danach durch das Gewirr der rasselnden Eisentüren wieder auf die regennasse Straße hinausgeleitet worden ist, geht sie betäubt durch die Straßen.

Ein Herr C. kommt fortan jedes Mal mit, wenn die junge Frau Ulrike besucht. Er sei persönlich für sie zuständig, erklärt er. Schon nach kurzer Zeit wird er familiär, winkt ihr gleich am Eingang zu, ruft sie »Frau Röhl« und nennt Ulrike immer »Ihre Mutter«. Bei einem der nächsten Besuche sagt er vertrauensvoll: »Sie wohnen ja seit einiger Zeit mit Ihrem Freund zusammen ... Sie sind aber noch bei

Ihrer Mutter gemeldet, das sollten Sie bei Gelegenheit mal ändern.«

Die junge Frau weiß nun, dass sie alles über sie wissen. Sie geht neben ihrem Bewacher durch die weißen Flure und denkt: Welchem Zufall habe ich es zu danken, dass ich hier wieder raus darf?

Herr C. setzt sich mit in den Besuchsraum, macht sich Notizen und kommentiert die Gespräche. Neben der jungen Frau stehen noch zwei weitere Männer, Schließer. Die übrigen Beamten ihr gegenüber stellen sich nicht vor.

Wenn Ulrike kommt, wollen sie sich begrüßen, aber es gelingt unter den vielen Blicken nicht richtig, obwohl es keine Trennwand gibt. Einmal umarmen sie sich bei der Begrüßung, Ulrike fühlt sich schmal an. Sofort lauter Protest von der Seite, der Besuch würde abgebrochen, wenn sie nicht auseinandergingen.

Die junge Frau kann nicht sagen, was sie sagen möchte. Ulrike ist unter den vielen Fremden selbst auch fremd, sie klingt künstlich und will fröhlich wirken, obwohl sie nicht fröhlich ist. Sie spielt eine Rolle inmitten feindlicher Zuschauer. Jedes zweite Wort Ulrikes wird von Herrn C. unterbrochen, von den übrigen mit lauten Rufen kommentiert, wie: »Das dürfen Sie nicht sagen!« Zweimal schreit Ulrike zurück: »Halten Sie doch endlich Ihren Mund!«

Die junge Frau fragt sich unablässig, was sie sagen darf und was womöglich verboten ist.

Lange nach dem ersten Besuch bekommt die junge Frau einen Brief von Ulrike. Sie schreibt, sie habe sich sehr gefreut, dass sie gekommen sei, sie versucht zu erklären, sie sei isoliert, sie könne aber nicht drüber reden, weil sonst der Brief an der Kontrolle, die sei ziemlich streng, scheitere. Sie habe der jungen Frau gegenüber ein schlechtes Gewissen, denn sie hätte mehr für sie tun können, als sie kleiner gewesen sei. Sie habe ihre Probleme als Kind immer gesehen, aber auch verdrängt, so wie sie nicht verhindert habe, dass Papi sie gegen ihre Mutter ausspielte. Sie schreibt, Papi sei für sie noch keine ausgestandene Sache, sie seien zwar total diametral gegeneinander und seien es tendenziell immer gewesen, aber schließlich habe sie durch ihn Brecht kennengelernt und einiges über Kommunismus, was er inzwischen vergessen habe. Fast alles jedenfalls. Und sie schreibt, dass man aus Fehlern lernen müsse.

Sie redet der jungen Frau zu, dass sie sich dagegen wehren soll, dass ihr Vater ihr nur so viel zahle, wie er für sein Auto ausgebe. Leider sei das ein Problem heute, der Wert von Menschen werde am Wert von Sachen gemessen, das soll sie sich nicht gefallen lassen. Aber natürlich soll sie ihren Wert auch nicht daran bemessen, wie viel Geld sie von ihm schließlich bekäme. Und sie schreibt, dass der Knast ein ziemlicher »Knochen« sei.

Wenn sie wolle, könne sie wieder mal zu Besuch kommen, sie solle sich aber nicht von der Situation erpressen lassen, kein Mitleid! Sie solle ihre Mutter schön grüßen, und das solle sie ihrer Mutter hinter den Spiegel stecken: Sie soll endlich aufhören, sich von dem Gewäsch von Röhl, dass irgendeine irgendwann zu alt sein könnte für irgendwas, anstecken zu lassen, denn: »Für die, deren Zeit gekommen ist, ist es nie zu spät«, sage Brecht.

Im letzten Abschnitt des Briefes, der ganz unten in die Ecke gequetscht ist, schreibt Ulrike, dass sie Rosa Luxemburgs Briefe aus dem Gefängnis nie gelesen hat, weil sie ihr »zu schön« waren. Nur der Adressat wird wissen, warum sie nicht schön waren, schreibt sie, und das gibt der jungen Frau zu denken. Zwischen dem, der einen Brief aus dem Knast schreibt, und dem Empfänger muss eine neue Sprache aus Andeutungen und Geheimwörtern gefunden werden, die auch unter der Zensur hindurchkommt.

Die junge Frau schreibt zurück und achtet auf jedes Wort. Die Briefe würden sonst festgehalten, man sähe sie nie wieder, sagt der Anwalt, sie erfahren immer nur, dass ein Brief festgehalten worden sei, nie warum. Ein harter Knochen, der Knast.

Die junge Frau erzählt in ihrem Brief, wie sie in den letzten drei Jahren gelebt hat, was passiert ist, was sie erlebt hat, dass sie nun schon ein Jahr mit einem Freund zusammenwohne, inzwischen in einer WG in Altona. Sie beschreibt die Probleme, die sie deshalb mit beiden Eltern hatte, dass ihre Mutter ihre Wohnung »eine Bruchbude mitten im Verbrecherviertel« genannt hatte. Die junge Frau schreibt, dass Ulrike ihren Vater noch zu gut einschätze, die Rücksicht auf sie sei nicht mehr nötig.

Ulrike schreibt ihr mehrmals, dass die Mutter, mit der die junge Frau nach wie vor heftige Probleme hat, als alleinstehende Frau eine enorme Last in dieser Gesellschaft getragen hätte. Das weiß die junge Frau, dass die Mutter mit ihr immer »eine große Last« getragen hat, die Mutter kann nichts für ihre Gereiztheit, für ihre Wut und Verzweiflung, aber sie selbst auch nicht, sie hat sich nicht selbst auf die Welt gebracht, das haben andere entschieden.

Immer wieder nimmt Ulrike die Mutter gegen Anwürfe in Schutz, es sei verständlich, dass sie an ihr hinge und Angst vor dem Alleinsein habe, da sie ja ihr ganzes bisheriges Leben auf sie hin organisiert habe, und da sei dann subjektiv das Gefühl, allein für sie gelebt zu haben. Und dafür wolle man dann irgendwann Anerkennung, weil es eben niemanden gibt, der so eine Leistung anerkennt. Besser wäre auch gewesen, sie wäre nach der Trennung von ihrem Vater aus Hamburg weggezogen, ihr sei jedenfalls klar geworden, dass man wegziehen müsse, weil andernfalls die Verhältnisse unklar blieben. Ihr Vater sei noch oft bei ihnen gewesen, als Illusion von Hilfe bei der Erziehung, und dann wird ein Kind eben zum »Investitionsobjekt«, in das man Liebe investiere und diese auch zurückhaben wolle, wenn nicht bewusst, so doch unbewusst. [redacted]

Ulrike schreibt auch über politische Zusammenhänge. Sie schreibt, dass sie es politisch falsch findet, die Frage des revolutionären Subjekts auf die Produktionssphäre und den produktiven Arbeiter zu begrenzen. Sie erklärt, dass es im Inneren der imperialistischen Zentren anders sei, da die Menschen durch den hohen Konsumstandard betäubt und kritiklos seien. Daher gehe es darum, an vielen Stellen, zum Beispiel beim Leistungs- und Autoritätsdruck, etwas zu verändern, und überall für ein Recht auf Befreiung zu plädieren. Dies würde dann zum Beispiel heißen, Schule, Hochschule, Krankenhauswesen, Kriminalität, Kulturimperialismus, Medienkonzentration einzubeziehen, nicht nur die unmittelbare Produktionssphäre. Sie beschäftigt sich viel mit Faschismus und Antisemitismus.

Eines Tages fährt sie wieder einmal zum Kindereinhüten nach Blankenese. Es ist an einem Freitagnachmittag. Die Sonne scheint. Als sie hereinkommt, steht ihr Vater mit einem Brief in der Hand an der Treppe, den eben der Briefträger gebracht hat. Der Brief hat einen Trauerrand, als sei jemand gestorben. Der Vater liest den Brief und beginnt schallend zu lachen. Es hört sich an wie ein Triumphgeschrei. »Kleine Sünden bestraft der liebe Gott sofort, große Sünden später. Das ist ausgleichende Gerechtigkeit«, sagt er. Dann kann die junge Frau den Brief auch lesen. Eine Todesanzeige. Darin steht: »Wir möchten Euch hiermit in Schmerzen mitteilen, ... unsere kleine Tochter ... im zehnten Lebensjahr an Leukämie verstorben.« Die Tochter der Familie Holtkamp ist gestorben. Das waren die Freunde, zu denen Ulrike die Kinder gebracht hatte, als sie in den Untergrund ging. Sie wollte, dass die Kinder dort bleiben und nicht zum Vater kommen. Deshalb lacht der Vater nun über den Tod ihres Kindes. Was kann das Kind dafür? Das Mädchen blickt auf die Treppe, das braune Geländer verläuft in geschwungenen Bögen. Mein ganzes Leben wird nicht ausreichen, das wiedergutzumachen, denkt sie.

»Sie werden wieder versuchen, die Kinder zu entführen!« Davon ist der Vater überzeugt. Er hat Angst, verlangt Polizeischutz. »Sie sind in der Lage, kleine Kinder zu töten, wenn es ihrem politischen Zweck dient. Sie werden versuchen, die Kinder zu entführen, um Ulrike freizupressen. Sie ist da hineingeraten. Sie wollte etwas Gutes, aber es ist nichts Gutes dabei herausgekommen.«

Im Dezember bekommt sie wieder einen Brief von Ulrike. Ulrike hat einfach so mal Lust, ihr zu schreiben. Sie berichtet von einer Knastreise anlässlich einer Zeugenaussage, eine Fahrt nach Berlin. Das empfand sie als »ungeheuer schön«, weil sie Freunde und Genossen zumindest als Zellennachbarn traf. Sie beschreibt, wie gut es ihr tue, die anderen wenigstens zu hören, da sie ja in ihrem Knast in Köln einen Trakt ganz alleine bewohne, Tag und Nacht sich oft nur dadurch unterschieden, dass nachts das Licht elektrisch sei. Keine Geräusche, nichts zu hören, das hätten sie dann auch in Berlin gesagt, sie und Astrid Proll, und dadurch gehe es ihr nun viel besser. Sie könne wieder lesen und habe auch Lust zu schreiben, jedoch keine Klagen. Moabit sei ein »richtiger Knast«, wie man ihn aus Filmen kennt, vielstöckige Trakte, hunderte von Zellen über- und nebeneinander, laut, dreckig, die Zelle ein versautes Loch, und dass sie sofort tauschen würde, weil der Knast ein Innenleben habe, denn was sie in ihrem Knast erlebe, sei eben stocktot. Sie erzählt von einer Radiosendung, in der sie gerade Beschreibungen von jungen Menschen höre, die dem ähneln, was das Mädchen geschrieben habe, eine Sendung aus Hamburg mit dem Namen: »Abend für junge Hörer«. Über Abhauen von zu Hause. Selbstmord. Ulrike sagt ihr, sie soll sich nicht verkriechen. Sie kritisiert die allgemeine Tendenz, bloß zu konsumieren, keine Initiative zu ergreifen, lieber Privatleben zu sichern. Sie sagt, es sei nicht schlimm, Angst zu haben, sich zu irren, mal allein doof dazustehen. Über die RAF schreibt sie nur wenig. Die RAF sei für sie etwas Existenzielles geworden, ebenso wie der Kommunismus für Marx, die Spartakusgruppe für Rosa Luxemburg existenzielle Sachen waren, da sie auf Wahrheit eingestellt war, nicht auf »Erfolg«. Sie schreibt, dass die Totalität der Despotie des Kapitals bis in die Familie, Schule, Hochschule, Verwaltung, alle Büros und Fabriken reiche, und dass man das im Knast viel krasser sehen könne, entschädigungslos und ohne Kompensationsmöglichkeit. Und dass man an den Einstellungen der Wärter deutlich erkenne, wie Millionen von Menschen leben: abgeschaltet, fremdbestimmt und trotzdem oft auch sensibel. Manchmal habe sie das Gefühl, dass nach Abitur und Studium die Menschen kälter, dümmer, oberflächlicher und abgestorbener seien, auch unmoralischer, weil eben oft verlogener. Denn sie meinen, sie wüssten alles besser, obwohl sie gar nichts von dem verstehen würden, was die meisten Menschen beschäftigt, nämlich die, die kein Abitur und Studium haben.

Die junge Frau schreibt Ulrike zurück, was sie gerade liest, und erzählt von einem Buch von Jörg Huffschmid, in dem findet sie etwas Ungeheuerliches, nämlich, dass nur 2% der Bevölkerung in der BRD 98% des gesellschaftlich produzierten Reichtums gehören. Sich über Ungerechtigkeiten klarzuwerden, das findet die junge Frau wichtig, die Menschen müssen überzeugt werden, dass man es anders machen kann.

Manchmal vergisst sie die Zensur. Doch sie weiß, dass alles nicht nur mitgelesen, sondern auch mitgeschrieben und in geheimen Akten notiert wird und dass sie vielleicht nie mehr eine Lehrerstelle oder sonst einen Beruf in Deutschland bekommen wird. Sie hält es für möglich, dass man heimlich in ihre Wohnung geht und dort Schubladen durchsucht, sie muss damit rechnen, dass man sie eines Tages festnimmt, nur wegen dieser Besuche, wegen dieser Briefe, nur weil sie sich nicht gegen Ulrike stellt.

Die junge Frau will Ulrike fragen, wie sie das alles ausgehalten hat, die zwei Jahre, was sie denkt, sie will mit ihr wie früher in Gesprächen ihre eigenen Gedanken entwickeln, aber das geht nicht, die ewigen Kontrolleure und Bewacher ... Die junge Frau schreibt zurück, aber es entstehen lange Pausen.

Sie schreibt von ihrer Schule, von den Zwillingen und auch davon, dass der Vater ihr kein Geld zum Leben gibt. Vor Gericht hat er einen Kontoauszug präsentiert, der zeigen sollte, dass er kein Geld habe, um es ihr zu geben. Die junge Frau weiß es besser, denn er fährt einen Jaguar, und in seinem Haus liegen teure Teppiche. Sie will auch nicht viel von dem Pornogeld, das er mit seiner Zeitung verdient, nur so viel, wie ihr zusteht.

Zu den politischen Fragen, die Ulrike anschneidet, nimmt sie nur wenig Stellung, denn sie fühlt sich nicht in der Lage, das, was Ulrike mit ihren Genossen getan hat, zu beurteilen. Sie denkt, dass sie das, wenn Ulrike wieder draußen ist, mit ihr persönlich besprechen will, wenn sie auch selbst mehr gelesen hat. Was die RAF ist und getan hat, erfüllt sie mit Angst, sie kann sich damit kaum beschäftigen. Für sie ist Ulrike kein RAF-Mitglied. Als sie klein war, hat Ulrike zu ihr gestanden, nun will die junge Frau ihr helfen. Was Ulrike denkt und tut, das muss sie deshalb nicht auch gut finden, dazu kann sie ruhig eine eigene Meinung haben, das hat Ulrike ihr immer gesagt.

Die junge Frau kennt nicht genügend die Weltlage, sie kennt nicht genügend die Geschichte und die Wirtschaftslage. Alle politischen Bücher, die sie bisher gelesen hat, haben ihr nur gezeigt, wie wenig sie eigentlich weiß. Ulrike weiß eindeutig mehr als sie, daher wird sich die junge Frau mit einem Urteil zurückhalten.

Sie hat Angst vor Gewalt, nie könnte sie jemanden prügeln oder verletzen. Sie will den Menschen helfen. War es nicht Ulrike, die bisher Gewalt immer abgelehnt hatte? Kann man Menschen mit Gewalt vor Gewalt schützen? Unter welchen Bedingungen kann man, muss man Gewalt als Gegengewalt zulassen? Die junge Frau kann sich Ulrike nicht gewalttätig vorstellen, selbst mit dem konservativsten Menschen hat Ulrike immer noch ruhig und geduldig diskutiert. Sie glaubt, dass Ulrike auch im Untergrund niemals gewalttätig sein konnte, sie glaubt, dass Ulrike niemals irgendwo geschossen hat, aber was hat das für eine Bedeutung? Es spielt keine Rolle, was die junge Frau glaubt.

Ulrike schreibt, dass sie nun in »ihrem« Knast auch begonnen hätte, die Wände zu bekritzeln und es dazu Anzeigen hagele, aber Strafen seien ihr lieber als gar nichts, es verändere ihre Situation und das sei gut, aber »Folter« könne man das nicht nennen, das sei das falsche Wort. Die Genossen in Persien, Brasilien, Uruguay, Algerien, die würden gefoltert, aber der Protest gegen die Sonderbehandlung der politischen Gefangenen sei schon wichtig.

Ulrike gibt ihr Lesetipps, Edgar Allen Poe, den sie aus der Gefängnisbücherei habe, der sei gut. Heinrich Böll und Peter Brückner. Sie regt an, in der Schule weniger Leistungsdruck zu fordern, also weniger Stunden, nicht so schwere Arbeiten, kollektive Hausarbeiten, politischen Unterricht, in dem Vietnam auf den Lehrplan gehöre, ebenso Erziehungsprinzipien von Schule, Elternhäusern, Fürsorgeerziehung, Knast, sie macht Vorschläge, schon mit zwei, drei Leuten könne man etwas bewegen. Es sollte nicht Ziel sein, die Schule zu reformieren, sondern Konflikte bewusstzumachen, Schule zu politisieren. Die Straße müsse in die Schule geholt werden, die Schule auf die Straße gebracht. Sie solle mal vom Sozialistischen Patientenkollektiv lesen: Da hätten sie herausgefunden, dass man krank wird durch die Verhältnisse. Krankheit sei Protest, aber ein gehemmter. Seitdem das, was sie denke, mit dem übereinstimme, was sie tue, seien ihre chronischen und sonstigen Leiden verschwunden, weil vieles nur verinnerlichte, runtergeschluckte Wut gewesen sei und der ewige Seiltanz des Gerade-noch-Aushaltens.

Sie habe, schreibt sie, neuerdings erkannt, dass es um das Sichtbarmachen der Bevormundung gehe, in der all die Leute leben würden. Die untersten hätten gar nichts, die mittleren wenig, die höheren etwas mehr zu sagen, und nur die, die vom wirklichen Leben gar keine Ahnung mehr haben, weil sie ganz weit oben sitzen, die hätten alles zu sagen. Das sei in der Schule so, im Heim, im Krankenhaus, in der Fabrik, in der Verwaltung, überall, Millionen richteten sich nach dem, was ein paar Leute sagen, die keine Ahnung haben. Und sie müssten auch keine Ahnung haben, weil es ja gar nicht darum gehe, das Leben der Menschen richtig und nach den Notwendigkeiten zu organisieren, sondern um den Profit, die Aufrechterhaltung der privaten Aneignung der Gewinne bei restlos vergesellschafteter Arbeit. Eine Despotie des Kapitals, die alle Lebensbereiche nach dem Fabrikmodell organisiere. Die Hierarchie in einer Fabrik und die totale Herrschaft der Banken über die Produktivkräfte. Ulrike schreibt sich in Rage, es sei bescheuert, nicht zu erkennen, dass, wenn es in Schulen, Hochschulen, Verwaltungen, Gefängnissen krache, es dann auch irgendwann in der Fabrik krache, aber es sei genauso bescheuert zu glauben, das Ganze mit einem Ruck zerbrechen zu können, Wirtschaftskrise, Generalstreik, Revolution – so nicht. Nötig seien unendlich viele Initiativen, Kämpfe, Niederlagen …

Nur einmal erwähnt Ulrike die Isolation. Sie schreibt, dass sie kein Mitleid wolle, dass sie aber auch keine Auskunft gebe, weil sie es ablehne, sich an der wissenschaftlichen Auswertung dieses Experiments zu beteiligen. Momentan mache es Spaß, Zeitung zu lesen, die Linken seien leider nicht genug, aber auch schon verdammt viele, die junge Frau solle mal dafür sorgen, dass die Zwillinge auch welche werden.

In der neuen Schule hat die junge Frau Andrea kennengelernt. Als sie mit ihr das erste Mal richtig ins Gespräch kommt, sagt Andrea der jungen Frau plötzlich auf den Kopf zu, dass es ihr wohl nicht mehr gut gehe mit ihrem Freund Horst. Sie bietet der jungen Frau Hilfe an, falls sie sie mal brauche. Die junge Frau fährt in die WG zurück, dort fragt Horst gereizt, wo sie so lange war, ein Streit entsteht, eskaliert, er holt aus, schlägt sie. Die junge Frau schaut sich im Zimmer um, dort ist ihr Bett, dort hängt ihre Gitarre, sie hatte sich auf dem Weg nach Hause geschworen, sich nicht noch einmal schlagen zu lassen. Sie geht aus dem Haus und steht noch in derselben Nacht bei der neuen Freundin vor der Tür.

Andrea wohnt im Souterrain eines gutbürgerlichen Hauses in Hamburg-Winterhude. Es ist das Haus ihrer Mutter, aber Andrea hat zu ihrem Zimmer einen separaten Eingang. Sie nimmt sie bei sich auf, weist ihr das zweite Bett im Zimmer zu, und am nächsten Tag wacht die junge Frau als ein neuer Mensch auf. Sie geht zur Schule, besucht politische Veranstaltungen, sie diskutiert, schreibt, verfolgt die Nachrichten in der Welt. Chile wird neben Vietnam wichtig. Ihre Freunde und sie verteilen Flugblätter, die aufklären wollen, ein Gegengewicht zu den bürgerlichen Medien, wie sie die Zeitungen nennen, mit denen sie schlechte Erfahrungen haben. Das Leben der jungen Frau ist bewegt, ein Termin folgt auf den nächsten. Die Briefe von Ulrike bleiben liegen. Draußen ist nicht drinnen, schwer ist es, den Abgrund zu überwinden.

Herr C. spricht auf die junge Frau ein, als er das nächste Mal neben ihr durch all die Türen zum Ausgang zurückgeht. »Wissen Sie«, sagt er schmeichelnd, »Ihre Mutter«, das Wort betont er besonders, »würde es viel leichter haben, wenn sie sich auf Gespräche mit uns einlassen würde.« Er macht eine Kunstpause. »Das ist nicht schön, diese Besuchsatmosphäre, nicht wahr?« Die junge Frau läuft schneller. »Sie könnte es wohl anders haben, das haben wir Ihrer Mutter schon so oft gesagt, sie könnte es ganz anders haben ... Wir könnten die Besuche bei uns im Büro durchführen, da würden Sie sogar einen Kaffee bekommen, Kuchen könnten wir holen, wir würden aus dem Zimmer gehen.« Die junge Frau blickt stur geradeaus, an dem Erpresser vorbei. »Auch das mit den Briefen müsste nicht mehr sein. Selbstverständlich dürften Sie ihr die Briefe dann direkt schreiben, Sie müssten sie nicht mehr vorher zu uns schicken.« Er dreht den Kopf, um ihre Reaktion zu sehen. Er kennt jeden meiner Sätze an sie, denkt die junge Frau entgeistert. Er weiß, was ich mir wünsche. »Alles das könnte sie haben«, fährt er fort, »wenn sie mit uns zusammenarbeiten würde.« Pause. »Das habe ich auch schon Ihrem Vater gesagt, für die Kinder ist das ja auch nicht schön, so wie es jetzt ist, nicht wahr? Wir würden uns das auch wünschen, dass es anders wäre.« Am Ausgang fragt er endlich direkt: »Können Sie sie nicht ein wenig beeinflussen? Damit sie Vernunft annimmt?« Die junge Frau murmelt bloß: »Wiedersehn«.

In die Schule kommt nun auch eine frühere Freundin von Andrea. Die beiden kennen sich vom Internat her, die Beziehung ist sehr innig. Die junge Frau denkt an Catrin, was die wohl macht? Andrea erzählt auch von ihrem früheren Freund, mit dem sie aber damals nicht zusammenbleiben konnte, weil sie »frigide« war, wie sie sagt. Die junge Frau durchzuckt es bei diesem Wort, das sie aus dem Munde ihres Vaters kennt.

Sie glaubt, dass dies vielleicht auch ihr Problem ist. Und je mehr sie darüber nachdenkt, desto mehr graut es ihr. Im Laufe der Zeit vertraut die junge Frau Andrea alles an, was sie bisher tief vergraben hatte, danach fühlen sie sich wie engste Freundinnen, sie geben sich zur Nacht sogar einen Kuss. Abends hören sie Musik von Andreas Eric-Burdon-Platte, *Hotel Hell, When a Man Loves a Woman* ... Nach dem Chile-Putsch verteilen sie gemeinsam Flugblätter. Sie diskutieren, lesen, reden zusammen, sie ziehen bald darauf in die alte Vogelweiden-Wohnung ein, aus der die Mutter gerade ausgezogen ist, nach München mit ihrem neuen Freund.

Bald wird ihr bewusst, dass sie schon wieder dabei ist, eine Frau zu lieben. Das darf keiner wissen, das hält sie geheim. Dinge, die Andrea betreffen, werden ihr ganz besonders wertvoll, sie bemüht sich, ihre Traurigkeit aufzuhellen, ihr schöne Dinge mitzubringen, ihr Gefallen zu tun. Dass es Liebe ist, merkt sie nur manchmal, an der Nachhaltigkeit des Bildes, das die andere in ihr zurücklässt, an der Freude, wenn sie ins Zimmer tritt.

Das Jahr 1973 ist ereignisreich für die junge Frau, es passiert viel in den drei Monaten von einem zum anderen Gefängnisbesuch. Es gelingt der jungen Frau nicht, Ulrike begreifbar zu machen, was alles draußen in ihrem Leben stattfindet.

Sie muss für sechs Wochen ins Krankenhaus, da ein Hüftschaden eine akute Ischias-Entzündung hervorgerufen hat, sie soll sogar operiert werden, heißt es. Sie hat Angst davor, weiß nicht, wie sie das entscheiden soll. Ihre Mutter ist weit weg, ihr Vater kommt kein einziges Mal, nur Andrea kommt einmal in die weit im Süden Hamburgs gelegene Klinik und erzählt, dass sie und ihre Internats-Freundin nun aus der Vogelweide aus- und in die Bremer Reihe umziehen würden, in eine Org-WG, also eine WG, die der Organisation, dem KBW, zuzuordnen ist und wo man dann mit dem Umzug ins Leitungskollektiv wechselt. Das wollte die junge Frau nicht, sie wird also in der Vogelweide bleiben. Sie umarmen sich ein letztes Mal, zum Abschied. Die junge Frau will freier leben, nicht so streng in eine Partei eingebunden sein. Ein letztes Mal spürt sie beim Abschied den Körper der Freundin wie etwas Verbotenes, sie weiß nun, dass diese Liebe verloren ist.

Wenn die Gefangenen im Hungerstreik sind, sieht Ulrike bei den Besuchen erbärmlich schlecht aus, grau im Gesicht, unter den Augen dunkle Ringe, der Blick unruhig, sie wird schnell wütend gegen die Aufseher, den Herrn C. und sein Gefolge. Sie beklagt, dass außerhalb der Gefängnisse nicht genug passiert, trotzdem macht sie sich Hoffnung: dass die Revolution ganz sicher käme, wie in Vietnam oder in den lateinamerikanischen Ländern. Am Ende umarmen sie sich. Wie klein Ulrike jetzt in den Armen der jungen Frau ist!

Ulrike schreibt ihr vom Hungerstreik, dass sie nun acht Monate im Toten Trakt läge und nur noch Kraut und Rüben im Hirn habe, sie schildert den letzten Besuch aus ihrer Sicht und entschuldigt sich für ihr Unwirschsein. Damals sei sie gleich am nächsten Tag verlegt und dann per Schlauch ernährt worden, wovon sie sich zwei Monate lang erholen musste. Türenklappen und Pingpong vor der Zellentür seien Hafterleichterungen, die man bis in den kleinen Zeh hinein als Entlastung spüre.

Guerilla in den Metropolen sei übrigens kein individueller Terrorismus, dazu solle die junge Frau ruhig »endlich« mal was lesen: Die RAF-Papiere zum Beispiel, Fanon und andere. Aber die junge Frau will sich nicht so agitieren lassen. Sie macht sich Sorgen um Ulrike, die so ungeduldig und gereizt ist.

Beim nächsten Besuch ist Ulrike wieder fröhlich, keine Spur von Gereiztheit. Sie trägt eine dunkelblaue Kittelschürze, wie eine Fabrikarbeiterin, die sie sich dreimal um den Körper wickeln kann, so dünn ist sie geworden. Doch sie lacht, freut sich, dass die junge Frau kommt, umarmt sie kurz, bis die Begleiter protestieren. Worüber sprechen sie? Es bleiben noch 14, 13, 12 Minuten. Sie lachen zusammen. Die Zeit bestimmt die Themen. Die Bewacher sitzen mit abweisenden Gesichtern da und schauen grimmig. Manchmal lachen Ulrike und sie einfach nur über diese Gesichter, dann protestieren die Wachtmeister, gleich würden sie den Besuch abbrechen.

Die junge Frau muss nach dem Krankenhausaufenthalt noch einmal eine neue Schule suchen. Eine Fremdsprachensekretärin zieht zu der jungen Frau in die Wohnung, Jo, eine abtrünnige Genossin. Jo ist schwanger, der Vater des Kindes hoher Leitungsgenosse des KBW, er fand, sie solle abtreiben, aber sie wollte das nicht. So schlugen die Genossen der jungen Frau vor, Jo aufzunehmen.

Eines Tages bekommt sie einen Brief von Ulrikes älterer Schwester Wienke. Sie fragt, ob sie Kontakt zu dem Angehörigenkomitee gegen die Isolationshaft haben möchte. Die junge Frau sagt zu. Sie ist neugierig, was das für Leute sind. Sie hat Wienke noch nie gesehen, sie kennt sie nur aus der Zeitung, von fiesen Kommentaren ihres Vaters und aus Ulrikes Erzählungen aus ihrer Kindheit.

Die Angehörigen in der Gruppe sind die Eltern und Schwestern von Gudrun Ensslin, die Mütter von Helmut Pohl und Andreas Baader, die Ehefrau von Helmut Pohl, der Ehemann von Katharina Hammerschmidt mit ihrer zehnjährigen Tochter und noch andere. Die junge Frau ist neben Wienke die einzige Verwandte von Ulrike. Ulrike hat keine Mutter und keinen Vater mehr. Die Angehörigen sind ganz normale Leute, sie wollen das Recht auf eine faire Verteidigung erstreiten. Ihr Ziel ist, dass die Gefangenen menschlich behandelt werden.

Sie treffen sich abwechselnd in verschiedenen Städten, weil alle in verschiedenen Teilen Deutschlands wohnen. Gemeinsam schreiben sie an einem Informationsblatt und gehen damit zum Radio. Einmal machen sie in Düsseldorf einen Hungerstreik vor dem Justizministerium.

Ziel der Angehörigengruppe ist es auch, die Öffentlichkeit über die Haftbedingungen zu informieren und Ulrike aus dem Toten Trakt herauszubekommen, in dem sie nun schon neun Monate sitzt.

In Düsseldorf lernt sie einen jungen Mann aus dem nahe gelegenen Krefeld kennen, Hanno, er studiert Kunst, das interessiert sie, denn dazu hat sie auch Lust. Sie schreiben sich, er lädt sie nach Krefeld ein. Dorthin ziehen, auf die Kunstschule gehen, eine Mappe machen, wäre das nicht etwas? Sie zögert, sie hängt zu sehr an den kleinen Schwestern, sie kann sie nicht allein in Hamburg zurücklassen.

Die junge Frau hat keine Zeit, Ulrike zu schreiben, sie schiebt es vor sich her. Sie weiß, dass Ulrike wartet, und wie gern würde sie ihr etwas richtig Gutes schreiben, aber sie schafft es nicht. Wie gern würde sie Ulrike eine Freude machen, nur wie macht man einem in einem Gefängnis in Isolation gefangenen Menschen eine »Freude«?

Im nächsten Brief, Ende 1973, bezeichnet Ulrike die junge Frau als faul, sie solle doch einmal wieder kommen. Ulrike fordert sie wieder auf, bestimmte Bücher zu lesen, die sich die junge Frau nicht gekauft hat, Ulrike schreibt:

»Los – Lies! – Schreib!«, dann aber auch: »War Dir mein letzter Brief zu blöd? Kann sein – ich war wirklich beleidigt, denn Dein letzter war sehr gut – zwischendurch fiel noch einer von mir der Beschlagnahmeaktion des BGH in den Zellen zum Opfer. Und noch mal 6 oder 7 Wochen Hungerstreik war natürlich ein ziemlicher Schlauch.«

Für die junge Frau ist es unmöglich, Ulrike zu erklären, in welchem Verhältnis sie jetzt zu ihrem Vater steht. Um die Zwillinge nicht zu verlieren, spricht sie mit ihm wie mit jemandem, mit dem sie sich die Erziehung zweier Kinder teilt. Sie haben eine Art Erwachsenen-Kumpelverhältnis, in dem sie die Babysittertermine miteinander absprechen.

Die junge Frau überlegt sogar, vielleicht einen Beruf zu lernen, der mit Kindern zu tun hat und schreibt das Ulrike, die protestiert, die Black Panther würden solche Leute »social pigs« nennen, da die guten Erzieher in einem schlechten Gesellschaftssystem nur die Funktion hätten, den Charakter der Grausamkeit des Erziehungswesens zu verschleiern. Sie rät ihr, stattdessen eine Lehre zu machen, Elektrotechnik zu lernen oder Chemie zu studieren.

Die junge Frau mag nicht mehr zur Schule gehen. Es ist ihr alles zu theoretisch, sie müsste außerdem fast zwei Jahre Latein nachholen. Sie will eine Ausbildung machen, das Abi nachholen und studieren kann sie auch später noch. Jetzt will sie etwas Praktisches tun. Arbeiten, ein Handwerk lernen, Tischlerin oder Töpferin vielleicht.

Einmal gibt ihr Wienke einen Brief zu lesen, den Ulrike aus dem Knast heraus geschickt hat. Er wird auch auf Flugblättern abgedruckt. Er beschreibt die Auswirkungen der Isolationshaft. Der Text zeigt, dass Ulrike noch eindrucksvoll schreiben kann. Sie beschließen, ihn auf einer Pressekonferenz vorzutragen. Die junge Frau fragt, ob sie das machen kann, denn sie kann gut vorlesen. Die anderen Angehörigen sitzen im Halbkreis um sie herum. Ein Filmteam von *Panorama* ist gekommen, sie filmen sie, während sie liest:

»... das Gefühl, es explodiert einem der Kopf ... das Gefühl, man stünde ununterbrochen, unmerklich, unter Strom, ... das Gefühl, die Zelle fährt ... man zittert – man friert ... Kopfschmerzen – ... Das Gefühl, innerlich auszubrennen – ... das Gefühl, wenn man sagen würde, was los ist, wenn man das rauslassen würde, das wäre, wie dem anderen kochendes Wasser ins Gesicht zischen, kochendes Wasser, das den lebenslänglich verbrüht, entstellt – ... klares Bewußtsein, daß man keine Überlebenschance hat; völliges Scheitern, das zu vermitteln; Besuche hinterlassen nichts ... Das Gefühl, es sei einem die Haut abgezogen worden.«

So kommt Ulrike, obwohl sie in strengster Isolation sitzt, zur besten Sendezeit ins Fernsehen.

Als die junge Frau an diesem Abend nach Hause kommt, ruft ihr Vater an. Er brüllt sie an: »Bist du jetzt also zur Sympathisantenszene der RAF übergetreten?«

Die junge Frau antwortet: »Nein, ich engagiere mich gegen die Isolationshaft.«

»Weißt du nicht, dass das alles Propaganda ist, um mehr Leute zur RAF zu kriegen?«

»Es sind die Eltern und Geschwister von den Gefangenen, eine Verwandtengruppe ...«

Da lacht der Vater sein hämisches Lachen: »Wenn du nicht merkst, wie ihr benutzt werdet, tust du mir leid. Aber eins sag ich dir: Du hast die Zwillinge das letzte Mal gesehen. Du betrittst mein Haus nicht mehr, solange du da mitmachst!«, brüllt der Vater. Dann legt er auf.

Die junge Frau hält noch einen Moment lang den Hörer in der Hand. Jetzt habe ich sie verloren, denkt sie, von nun an wird er mich bei ihnen schlechtmachen. So wie er es früher mit Ulrike getan hat und davor mit ihrer Mutter, mit ihren Tanten, dann mit den zahllosen Frauen, die er erst eroberte und über die er dann übel redete. Die Kinder werden Lügenmärchen über sie erzählt bekommen. Sie weiß, wie das geht, sie kennt ihn gut.

Die Lehrerkonferenz der Schule hat für die Nichtversetzung der jungen Frau plädiert, so ist es für sie klar, sie wird die Schule abbrechen. Nach dem Ende des Schuljahres plant sie nun einen neuen Lebensabschnitt.

Sie wird aus Hamburg weggehen, zu dem Freund nach Krefeld ziehen, beschließt sie. Die Mutter will sowieso endlich die Vogelweidenwohnung auflösen, denn sie will nun für immer in München bleiben. Da sie bei den Zwillingen weiterhin Besuchsverbot hat, hält sie nichts mehr in Hamburg. Die junge Frau hat schon alles für den Umzug aus der Vogelweide vorbereitet, da klingelt es plötzlich an der Tür. Ein fremder Mann überreicht ihr einen Brief von Ulrike, dessen Inhalt sie den Kindern übermitteln soll. »Ich habe ihn schon eine ganze Weile, aber noch keine Zeit gehabt, hierher zu kommen. Lies ihn, lern den Inhalt auswendig und verbrenne ihn anschließend«, sagt der Mann, den sie nie zuvor gesehen hat und den sie vergisst zu fragen, wer er ist und woher er kommt und der dann geht, ohne ein weiteres Wort zu verlieren.

Verbrennen? Das Wort klingt ihr in den Ohren nach, sie schaut zur Tür, fühlt sich unbehaglich, hat Angst. Dann liest sie den Brief. Liest und liest ihn, läuft in der Wohnung umher, liest ihn noch mal. Er hat einen völlig anderen Stil als die immer schrofferen Briefe, die unter der Zensur kamen. Sie liest vielleicht zehnmal. Was soll sie tun? Sie rennt auf die Straße mit dem Brief, hat Angst, auch nur eine Minute damit in der Wohnung zu bleiben.

Wenn die Polizei schon heute oder morgen käme, um ihr den geschmuggelten Brief wieder wegzunehmen? Dieser Gedanke befällt sie wie eine absurde Idee. Ihre Wohnung wird sicher bewacht, vielleicht hat einer den Fremden hereingehen und herauskommen sehen? Was soll sie tun? Sie läuft ziellos auf den Straßen herum. Als sie nach Stunden zurückkommt, steht ihr Entschluss fest, sie wird diesen Brief abschreiben und als Abschrift aufbewahren, dann ist es nicht das Original, dann kann es sein, dass Ulrike ihr alles bei einem Besuch gesagt hat, dann kann keiner etwas Strafbares nachweisen.

[redacted]

Traurig verlässt sie das Haus. Beim nächsten Gefängnisbesuch sagt sie Ulrike, dass sie zu den Kindern momentan nicht durchkomme. Sie hofft, dass Ulrike versteht, was sie damit meint. Ulrike nimmt ihr die Last ab, es sei nicht schlimm, sie werde ihnen selber wieder schreiben.

In Krefeld will sie nun zunächst Tischlerin lernen. Mit Holz zu arbeiten, hat ihr schon immer Spaß gebracht. Aber als sie sich in einer Tischlerei bewirbt, wird gesagt, dass keine weiblichen Lehrlinge aufgenommen würden, und dass man kein Frauenklo habe. Im Bereich Radio-Fernsehtechnik dasselbe. »Können Sie sich eine Frau auf einem Dach vorstellen?«, wird sie gefragt. »Genauso wie einen Mann!«, antwortet sie. Sie ist wütend. Wieso soll es Sachen geben, für die sich Frauen »nicht eignen«? Wieso soll einer Frau schneller schwindelig werden oder soll sie keinen Hammer halten können?

Sie gibt auf, einen traditionell männlichen Beruf lernen zu wollen, es herrschen Arbeitslosigkeit und Lehrstellenmangel. Einer Frau werden die wenigen Lehrstellen nicht gerade hinterhergeworfen. Sie muss sich etwas anderes überlegen. Eine Freundin bringt sie auf die Idee, eine Krankenschwesternausbildung anzustreben, das ist etwas Sinnvolles. Sie wird sich erkundigen.

Sie lernt in der Stadt Krefeld die Clique des neuen Freundes kennen. Es sind überwiegend Kunststudenten. Sie freundet sich mit Biggi und Vera und Anika an, sie bilden eine kleine Frauengruppe, sie kochen zusammen, reden über Frauenemanzipation und lesen Simone de Beauvoir.

Arbeitslosigkeit und Jobsuche sind nun ein Teil ihres Tagesablaufs geworden, sie kellnert, das macht ihr keinen Spaß, sie jobbt als Umfrageeinbringerin, das findet sie ebenfalls entsetzlich. Sie hat kein Geld mehr, der Vater hat die Überweisungen seit ihrem Wegzug aus Hamburg vollends eingestellt, die Mutter hat selbst kein Geld. Die junge Frau muss nun zum Sozialamt gehen, dort sagt man ihr, dass man ihren Vater anschreiben werde, da er noch unterhaltspflichtig sei. Bis dahin könne ihr kein Geld ausgezahlt werden. Wochen später bekommt sie etwas unter Vorbehalt, drei Monate später soll sie alles zurückzahlen, da ihr Vater dem Amt mitgeteilt hatte, dass er seinen Anteil bezahlt habe. Sie hat kein Konto, kann das Gegenteil nicht beweisen.

Trotzdem schreibt sie den Zwillingen. Fragt sie, wie es ihnen geht, und diese erzählen von ihren Urlauben mit der griechischen Familie. Sie werden nun offenbar häufiger dorthin mitgenommen. [redacted]

In einem Brief fragt sie, ob die beiden nicht mal Lust hätten, zu ihr zu kommen, das neue Zuhause anzuschauen, und das Wunder geschieht, sie wollen. Und sie kommen tatsächlich.

Es klappt alles gut, sie holt sie vom Bahnhof ab, zeigt ihnen die Wohnung, sie geht mit ihnen essen und an einen Baggersee, aber die Zwillinge sind ihr doch ein wenig fremd geworden. Die junge Frau hat das Gefühl, als schauten sie sich in der Wohnung genau um und als fänden sie die Einrichtung unordentlich. [redacted]

Es finden noch Besuche der jungen Frau im Gefängnis statt, nun in Stuttgart, nicht mehr in Köln, da fährt sie ihr Krefelder Freund hin und wartet im Auto. Ulrike geht es besser, seit sie aus der Isolation heraus ist.

Das Stuttgarter Gefängnis ist ein riesiger Betonklotz. Das Auto mit den Männern der Sicherungsgruppe Bonn wartet jedes Mal auf sie, die Wanderungen durch die Flure sind noch länger geworden, das Besucherzimmer steht hier unter gleißendem Neonlicht. Sobald die junge Frau vom Angehörigenkomitee erzählt, unterbrechen die Bewacher: »Das ist politisch, das dürfen Sie nicht sagen! Das Gespräch wird abgebrochen!« Aber Ulrike und die junge Frau nehmen das jetzt mit Humor, sie schauen sich nur an und lachen.

Ende des Sommers verliebt sie sich in einen anderen Mann, Uwe, der in Krefeld Urlaub machte und dort an einem See, zu ihren Füßen, einen epileptischen Anfall erlitt. Sie besucht ihn in Berlin. Er ist schon 35 Jahre alt.

Nun bewirbt sie sich auch dort. Im Mai 1975 kann sie nach Berlin. Sie beginnt als Pflegehelferin, ab Oktober bekommt sie dann einen Ausbildungsplatz zur Krankenschwester. Sie zieht zu Uwe in eine WG, von dort aus suchen sie zusammen eine Wohnung, ab August sind sie in Berlin-Kreuzberg heimisch. Es ist ein Arme-Leute-Viertel, am stillgelegten Görlitzer Bahnhof lungern schnüffelnde Kinder, darunter führt ein Tunnel, der nach Urin stinkt und durch den die junge Frau morgens um fünf Uhr mit dem Fahrrad hindurch muss.

Uwe ist Grafiker, hat aber bisher jede Arbeit verloren, sobald er dort den ersten Anfall bekam. Den Leuten ist das unheimlich, sie denken, ihm sei nichts mehr zuzutrauen. So verbirgt er seine Krankheit. Die junge Frau rät, er soll doch eine Selbsthilfegruppe gründen. Die erste Selbsthilfegruppe für Anfallskranke entsteht 1975 in Berlin auf seine Initiative.

Sie arbeitet nun im Krankenhaus. Die Schichtarbeit ist anstrengend, und die junge Frau ist noch ungeübt. »Und so was will zwanzig Jahre alt sein!«, schimpft die Oberschwester. Die Berliner versächlichen, wenn sie abwerten wollen, sie sagen nicht ›so jemand‹, sie sagen ›so was‹. »Mit so was haben wir früher kurzen Prozess gemacht«, sagen die Kollegen morgens, wenn sie die *Bild*-Zeitung aufschlagen und von der »Baader-Meinhof-Bande« lesen.

Es herrscht strenge Hierarchie, und die junge Frau befindet sich als Pflegehelferin auf der untersten Stufe. Über ihr ist die Krankenpflegehelferin mit einjähriger Ausbildung, darüber die Auszubildende in Krankenpflege des ersten Lehrjahres, darüber die des zweiten und des dritten Jahres, darüber die Krankenschwestern in der Reihenfolge ihrer Dienstjahre, darüber die stellvertretende Stationsschwester, darüber die Stationsschwester, über der die Abteilungsschwester, die Pflegeleitung und dann erst kommt der Medizinstudent, der MA, der Arzt direkt nach seinem Studium, in seiner praktischen Ausbildungsphase, darüber die Assistenzärzte, die Oberärzte, der Chefarzt. Die junge Frau, an der untersten Stufe, steht ungefähr auf Höhe des Küchenpersonals und der Reinigungsfrauen, mit ihnen kommt sie auch manchmal ins Gespräch. Einem ungeschriebenen Gesetz zufolge muss, wenn ein Patient klingelt, immer der unterste in der Hierarchiereihe zuerst aufstehen. Die Klingel ertönt, alle reden weiter, nichts passiert, die junge Frau schaut sich um, keine der anderen macht auch nur den Eindruck, überhaupt etwas gehört zu haben. Sie steht auf, geht raus, besucht die Patienten, bringt ihnen, was sie gerade brauchen.

Die Arbeit ist anstrengender als alles, was die junge Frau bisher gemacht hat. Abends muss sie die Beine hochlegen und hat für nichts mehr Zeit. Aber es macht ihr Spaß, sie geht gerne zu den Patienten, redet mit ihnen, achtet auf sie, wäscht, pflegt und tröstet sie. Anfangs arbeitet sie auf einer Leukämiestation, dort verbluten die Menschen innerlich, am ganzen Körper haben sie Hämatome, sehen aus wie verprügelt, sie sterben dann sehr schnell. Dort experimentieren sie mit einem neuen Medikament, Zytostatika. Eine erfahrene Schwester erklärt der jungen Frau: »Wenn ich das anhänge, dann fühle ich mich wie im Dritten Reich, als die Schwestern die Spritzen geben mussten. Sie sterben alle, innerhalb der nächsten 24 Stunden.«

Die junge Frau ist entsetzt.

»Ja«, sagt die Schwester, »das Medikament ist noch nicht ausgereift, aber sie sagen, dass es nur die bekommen, die sowieso gestorben wären. Wer weiß das aber immer so genau?« Da muss man doch was machen, denkt die junge Frau. Aber was?

Sie erlebt, dass es nette Schwestern und brutale gibt. Die Patienten sind ihnen ausgeliefert. Einmal waschen sie eine durch einen Schlaganfall Gelähmte, sie drehen sie und machen das Bett neu, und dann passiert es, dass die Frau einmacht, in das neu bezogene Bett. Die Schwestern fluchen, sie werfen die Patientin im Bett hin und her, eine nimmt eine dreckige Zellstofflage, mit der sie sie gerade abgewischt hat, und hält sie der kranken Frau unter die Nase: »Da!«, sagt sie, »das hast du gemacht!«

Später geht die junge Frau an das Bett der Gelähmten, nimmt ihre Hand und weint, sie sagt, dass es ihr leidtue. Und wie schrecklich ihre Kolleginnen zu ihr gewesen seien. »Nie werde ich jemals in meinem Leben so was wieder dulden, nie wieder werde ich stumm danebenstehen, nie werde ich so was jemals mit einem Menschen machen.«

An diesem Tag sagt die junge Frau abends zu Uwe: »Es ist wie im KZ dort, du glaubst es nicht, wie manche da sind!« Schon in der ersten Ausbildungswoche stirbt eine Frau in ihrem Beisein. Die junge Frau muss sie mit einer anderen Auszubildenden allein »fertig machen«, sie entfernen die Bettdecken, binden das Kinn hoch, drücken die Augen zu und bedecken sie mit einem Laken. Dann fahren sie den Leichnam in die Pathologie. So grau, so gelb, so leblos sehen die Menschen aus, wenn sie tot sind, denkt die junge Frau und kann sich lange nicht von dem Bild losreißen.

Sie hat nun viele andere Sorgen und verliert Ulrike aus dem Blick. Sie kommt nicht zum Briefeschreiben. Sie hat deshalb ein schlechtes Gewissen, und je stärker sie das drückt, desto schwerer fällt es ihr, einen Anfang für einen Brief zu finden. Zwar nimmt sie sich immer wieder vor, einen Besuchsantrag zu stellen, aber der Alltag drängt ihr ein rasendes Leben auf, Schichtdienst, heizen, einkaufen, schlafen, die Sorgen um Uwe, der oft in einem Krankenhaus aufwacht und nicht weiß, wie er da hingekommen ist. Auch hat die junge Frau schwere Albträume, die noch immer zu nächtlichem Erbrechen führen. Uwe ist sehr lieb zu ihr, er nimmt sie dann in den Arm, hilft ihr, wenn das passiert, so wie sie auch ihm hilft, wenn er einen Anfall hat. Es bleibt keine Zeit für irgendetwas anderes. Kaum kommt sie noch zum Lesen.

Uwe ist der erste Mann, dem sie anvertraut, was ihr Vater für ein Mensch ist und dass er ihr nachts in ihren Albträumen erscheint. Er sagt, er hasst ihn dafür. Das ist heilsam.

Der Dienst ist nie lange vorausplanbar, die Schichten erfährt sie erst drei Tage vorher, sie ist die Letzte, die Ansprüche stellen oder Wünsche äußern darf.

Als im Herbst 1975 die Ausbildung zur Krankenschwester beginnt, fällt ihr das Lernen leicht, nicht nur, dass sie sich alles merken kann und nur gute Zensuren bekommt, sie versteht auch plötzlich die Zusammenhänge, weil die Dozenten alles auf den Menschen beziehen. Sogar Chemie und Physik fallen ihr leicht.

Im Winter ist sie für längere Zeit krank, wahrscheinlich hat sie sich auf der Infektionsstation angesteckt, sie hat Fieber und schwere Koliken. Sie hat auch Probleme mit Uwe, es sind die üblichen, die sie schon kennt, sie kann es nicht verhindern, dass sie nicht die Erwartungen erfüllt, die Menschen in Liebesbeziehungen haben. Sie hat Schuldgefühle. Die Beziehung beginnt zu kriseln.

Im Krankenhaus gründen sie eine Bürgerinitiative gegen Bettenstreichungen. Die junge Frau macht mit, lernt neue Freunde kennen. Später wird sie zur Jugendvertreterin gewählt, geht nun regelmäßig zur gewerkschaftlichen Betriebsgruppe. Sie wollen die Bedingungen verbessern, sich gegen Sparmaßnahmen wehren. Einmal hört sie, dass einige Freunde aus Krefeld, darunter auch ihr früherer Freund Hanno, verhaftet worden sind. Die junge Frau denkt, dass er ihretwegen verhaftet worden sei, weil er sie des Öfteren nach Stammheim begleitet hatte. Die beiden Tanten der jungen Frau werden von der Polizei verhört, nur weil sie in Hannos Telefonbuch standen. Sie werden verwarnt und gefragt, warum sie noch Kontakt zu ihrer Nichte mit den zweifelhaften Freunden hätten. Einen Onkel holt die Polizei direkt vor seiner Arbeit ab, er ist Bundeswehroffizier, und durch die Verhöre bringen sie ihn in große Schwierigkeiten.

Merkwürdig, denkt die junge Frau, dass sie nicht auch zu mir kommen. Nicht mal um Fragen zu stellen. Aber dann glaubt sie es zu wissen: Ich bin nicht mehr oft bei den Angehörigentreffen, ich mache nichts, als jeden Tag zum Krankenhaus zu gehen. Bestimmt überwachen sie mich die ganze Zeit und wissen einfach alles aus meinem Leben.

Hanno hatte im Gefängnis mehr als 14 Tage lang mit niemandem Kontakt, nicht einmal seine Eltern durften ihn besuchen. Uwe und sie besprechen, dass sie heiraten sollten, damit, falls sie auch mal verhaftet wird, wer weiß weswegen, Uwe sie wenigstens besuchen darf. Wie schrecklich wäre es, wenn dann nur ihre Eltern sie besuchen dürften. Uwe und sie gehen zum Standesamt und lassen sich eintragen.

Es stehen noch beide Namen an der Tür und auch noch der einer Mitbewohnerin. Das kann gefährlich sein. Freunde von ihnen sind nur aus dem Grunde verhaftet worden, weil sie zwei Frauen- und nur einen Männernamen an der Tür stehen hatten. Die Bürger sollen wachsam sein, steht in der Zeitung, überall. Und da, wo sich junge Leute in Wohngemeinschaften sammeln, soll aufgepasst werden.

Einmal erwischt die junge Frau die Hauswartsfrau dabei, wie sie durch das Schlüsselloch in ihre Wohnung schaut. Hinter solchen Türen verbirgt sich eine Kommune, dort gehen Langhaarige ein und aus. Gammler, Terroristen, so hört man die Nachbarn munkeln. Dabei ist es bei ihnen ganz harmlos, kaum dass sie überhaupt Freunde haben.

Manchmal kommt sie auf ihren Wegen an Fahndungsplakaten vorbei. Sie werden immer größer, es werden immer mehr. Die Situation macht ihr Angst, sie geht schnell daran vorbei, sie hat schon gesehen, dass dort nun auch Leute drauf sind, die sie aus den »Folterkomitees« kennt. Das sind keine Angehörigen, sondern andere Komitees, die etwas gegen die Situation der politischen Gefangenen tun. Die Leute haben den Angehörigen viel geholfen, sie bei Fahrten begleitet und Übernachtungen organisiert. Beim Hungerstreik der Angehörigengruppe hatte die junge Frau einige von ihnen kennengelernt. Jetzt wird nach ihnen gefahndet. Die junge Frau will das alles ganz schnell vergessen, sie schaltet ihr Gehör ab, wenn im Radio oder Fernsehen darüber berichtet wird, sie ist nicht aufmerksam, sondern wird zerstreut und fahrig bei diesem Thema.

Sie merkt sich nicht, was geschieht, sie weiß nicht, wer wann wo verhaftet wurde und was die gerade wollten, sie macht einen Bogen um Polizisten, sie ist in ihrem Krankenhaus mit dem Pflegen von todkranken und sterbenden Menschen beschäftigt. Morgens, wenn sie ins Schwesternzimmer auf die Station kommt und die rot leuchtenden *Bild*- und *BZ*-Zeitungen überall herumliegen sieht, wenn sie die Schwestern herziehen hört über die »Terroristen«, sitzt sie dabei und schweigt. Einmal kauft sie sich einen altmodischen Mantel, der ihr gar nicht gefällt, nur damit sie unter ihren Kolleginnen nicht auffällt.

Eines Nachts träumt sie: Es donnert, die Tür wird eingeschlagen, überall stehen schwarze Gestalten, Stiefel, Hunde, Maschinenpistolen im Anschlag. Ein Glück, sie sind nicht gleich erschossen worden, werden nur aus dem Bett gezerrt, nackt, sie müssen mit erhobenen Händen stehen, die Polizisten verwüsten die Wohnung, nehmen alles mit, Bücher, Papiere, Schriften. Sie steuern auf den Schrank zu, wo sie die Briefe von Ulrike in einer Kiste hat, sagen, »das haben wir gesucht!«, dann muss sie ins Auto steigen und wird irgendwohin gebracht, keiner weiß, wohin. Die Leute im Krankenhaus wundern sich, dass die junge Frau nicht zur Schicht kommt, aber sie darf niemanden anrufen. Sie sitzt verhaftet in ihrer Zelle. Sie hätten Beweise, sagen sie, mehr als genug, sie lachen und lachen, es hallt wie in einem Treppenhaus, die Welt, sagen sie, würde sie nie wieder sehen, die Briefe seien beschlagnahmt, das Ganze ausreichend für vier Jahre Knast, die Briefe von Ulrike ... Die junge Frau wacht auf, ihr Herz klopft, sie springt aus dem Bett, stürzt zur Tür, horcht, da draußen macht sich wer zu schaffen, sie schaut durch das Guckloch, da steht wieder die Nachbarin aus dem Hinterhaus. Ein Glück, es war nur ein Traum.

Es ist Sonntag, der 9. Mai 1976 um 5.10 Uhr, als die junge Frau die Haustür hinter sich zuzieht und sich auf den Weg zur Arbeit macht. Hätte sie an diesem Tag nicht Frühdienst, würde man sie um diese Zeit kaum auf den Straßen von Berlin-Neukölln zwischen wankenden Alkoholikern und unausgeschlafenen Hundebesitzern beobachten können. Wie gewöhnlich nimmt sie die U-Bahn, die sie in den Süden des Stadtteils bringt, vorbei an den grauen Arbeitervierteln, den Fassaden, an denen der Putz abblättert, hin zu Gärten mit zwitschernden Vögeln, violettem Flieder und weißen Obstblüten, hinter denen kleine Reihenhäuschen aneinanderkleben. Wie gewöhnlich betritt sie das Neuköllner Krankenhaus durch das vom übermüdeten Pförtner bewachte Tor, fährt mit dem Fahrstuhl in den zweiten Stock zu ihrem Arbeitsplatz und macht sich sogleich daran, die Patienten zu waschen und zu betten, Verbände auszuwechseln und Spuckgläser auszuleeren. Als sie Herrn K. das Frühstück bringt, erzählt er ihr wie jeden Tag mit Handzeichen so viele verschiedene Dinge, dass sie im Nachhinein nicht mehr sagen kann, ob der alte Herr nicht doch von seiner Stimme Gebrauch gemacht hat. Ihre Schicht an diesem Tag ist schon fast vorüber, und während sie auf dem Flur hastig zu Mittag isst, kommt ihr eine andere Schülerin entgegen. Sie hält so viele Gläser in den Armen, dass die junge Frau sich verpflichtet fühlt, ihr Mittagessen auf einem Tisch abzustellen und ihr einige abzunehmen. Gemeinsam betreten sie den Spülraum.

Die junge Frau wäscht gerade ein Glas aus, als die andere ihr beiläufig mitteilt: »Hast du schon gehört, Ulrike Meinhof hat sich in ihrer Zelle erhängt.«

Die junge Frau wendet ihr den Kopf zu, sieht hinter ihr die Sonne gleißend hell durch das Fenster scheinen, vor dem sich die schwarze Silhouette abhebt, und fragt mit tonloser Stimme: »Was?«

»Das kam den ganzen Morgen in den Nachrichten.«

Das eben ausgespülte Glas fällt klirrend zu Boden. Die junge Frau sinkt gleichfalls zu Boden. Aus ihrem Mund dringt ein Schrei. Leute laufen zusammen. Der anderen Schülerin ist die Szene unangenehm. Die junge Frau reagiert nicht mehr, sie hört auch nicht auf zu schreien. Es ist nur ein einziges Wort, was laut auf den Flur hinaus hallt: Nein!

Eine Schwester kommt, eine Spritze in der Hand, die sie der jungen Frau in den Arm sticht.

Einige Zeit später erwacht sie. Noch immer benommen von der Spritze, bemerkt sie die völlige Ruhe, die sie umgibt. Als sie die Augen öffnet, blickt sie in die unangenehm funkelnden Augen der Oberschwester, die sie mit schneidend strenger Stimme etwas fragt, auf das sie keine Antwort bekommen wird: »Was ist denn mit Ihnen los, Schwester Anja?«

EPILOG

Die junge Frau und Wienke stehen auf einem Parkplatz hinter einem Gebäude. Dort ist das Leichenschauhaus, in dem sie Ulrikes Leichnam gleich freigeben. ›Freigeben‹, wie das klingt ... Wienke sagt, bald müsste es so weit sein, sie warte hier schon seit gestern Abend. Der Anwalt Croissant ist noch einmal hochgegangen, um zu verhandeln. Sie hätten sie schon seziert. Ohne Einwilligung. Was mit ihren Sachen passiert ist, weiß auch keiner. Die Zelle ist auch noch nicht freigegeben.

Seitdem es passiert ist, war die junge Frau ununterbrochen beschäftigt. Sie hat die Station verlassen, den Satz der Oberschwester im Ohr: »Die kann hier doch nicht weiterarbeiten, dass so was noch frei rumläuft!«

Zu Hause hat die junge Frau sofort die Zwillinge und danach Wienke angerufen. »Ich will kommen, egal wohin, dahin, wo du jetzt bist«, hat sie zu ihr gesagt. »Dann komm«, hat Wienke gesagt, »wir brauchen dich vielleicht.«

Danach hat sie ein Flugzeug herausgesucht und ist nach Stuttgart geflogen. Jetzt bleibt nichts mehr zu tun, sie warten auf die »Freigabe«.

Die junge Frau lehnt an einer Mauer und schweigt. Sie blickt zu Boden. Worauf warten wir?, denkt sie. Und plötzlich steigt Panik in ihr hoch. Ulrike ist tot? Sie kann das nicht denken. Sie hat ihr so lange schon nicht geschrieben ... Da packt Wienke sie am Arm: »Komm, Anja! Es ist soweit.« Sie zieht sie am Ärmel hinter sich her, und die junge Frau lässt sich mitziehen. Es ist wie in einem Albtraum. »Vorsicht! Die Journalisten!«, ruft Wienke. Die junge Frau duckt sich, hält die Hände vors Gesicht. Von allen Seiten, auch aus den Büschen, kommt Blitzlicht, sie werden beschimpft. Wienke und die junge Frau schreien: »Ihr Schweine! Aasgeier!«, und stolpern blind, sich die Hände vors Gesicht haltend, weiter. Vor ihnen, hinter ihnen, neben ihnen laufen Journalisten mit Kameras. Endlich ist da eine Tür, Wienke reißt sie auf, drinnen ist es dunkel und kalt. Die Stimmen hallen. Jemand führt sie weiter, Rechtsanwalt Croissant ist auch da. Der jungen Frau ist es unheimlich, sie geht dicht hinter Wienke. Sie stehen nun allein vor einem Steinblock in der Mitte des Raumes, darauf ein magerer nackter Körper. Nicht zugedeckt. Die Beamten sind rausgegangen. Vom Hals bis zum Schambein geht ein schwarzer Schnitt, er ist mit groben Stichen zugenäht. Das Gesicht ist unkenntlich. Das da ist nicht Ulrike!, denkt sie, es ist ein fremder Körper. Am Hals sind Spuren. Ein dunkelroter Streifen, am Kehlkopf dicker. Auch an den Knien dunkelrote Flecken, wie abgequetscht. Die Unterarme und Beine sind gelb und von braunen Totenflecken übersät. Der Blick der jungen Frau wandert über die Brust und den Bauch der Leiche. Da liegen die Hände, jemand hat sie gefaltet. Die Fingernägel sind gelb. Plötzlich durchzuckt es die junge Frau: Ja, das sind ihre Hände. Sie ist es wirklich. Die junge Frau möchte weinen, aber sie kann nicht, sie ist wie erfroren.

Rechtsanwalt Croissant macht Fotos, »vielleicht kann man dadurch etwas beweisen«. Sie wollen ein Bild von oben haben. Sie bilden mit den Händen eine Räuberleiter. Die junge Frau soll das Foto machen. Sie knipst das Bild, es ist wichtig.

Die Beerdigung ist ein großer Demonstrationszug. Eine schweigende Menschenmenge. Die junge Frau geht mit Uwe zusammen ganz vorne, neben Wienke und ihren Töchtern.

Alle aus der Angehörigengruppe sind da. »Das haben wir bei Holger Meins' Beerdigung nicht gedacht, dass wir uns so schnell auf der nächsten wiedersehen.« Wer wohl der nächste ist?, denkt die junge Frau. Sie fühlt Uwes Arm und spürt ein großes Alleinsein, obwohl er neben ihr geht. Sie dreht sich zu Wienke um, die eine Sonnenbrille trägt. Auf Beerdigungen trägt man besser Sonnenbrillen. Irgendwann stehen sie vor dem Grab. Hinter dem Baum viele Fotografen. Es blitzt ununterbrochen, Wienke tritt vor. Zum Glück hat sie die Sonnenbrille, denkt die junge Frau. Dann tritt sie selbst vor, um Erde auf den Sarg zu werfen. Das Blitzlichtgewitter bricht auch über sie herein. Es ist, als ob sie schießen, denkt sie.

Plötzlich sieht die junge Frau etwas weiter entfernt ein fremdes Gesicht. Es ist ein Mann. Sein Gesicht ist vom Schmerz verzerrt, sein roter Kopf glänzt im Sonnenlicht. »Nie!«, schreit er, »Nie hat sie sich umgebracht!« Die junge Frau zuckt zusammen und sieht ihn genauer an. »Sie kann sich nicht umgebracht haben, ich weiß es!«, schreit er. Sie reißt sich von Uwe los und stürzt auf den Mann zu. »Wieso?«, fragt sie ihn. »Ich habe mit ihr noch am Freitag telefoniert. Wir haben uns für Montag verabredet. Sie war guter Dinge, sie war voller Ideen, sie hat es nicht getan. Sie haben sie umgebracht, sie haben sie umgebracht!« Tränen laufen über sein Gesicht, er wischt sie nicht fort. Die anderen von der Angehörigengruppe kommen näher. »Erzähl!«, sagen sie. Er spricht leise, verzweifelt, nur für diejenigen vernehmbar, die ihn umringen. Er sagt es noch einmal, und noch mal: »Wir waren mitten in einer spannenden Sache, der Prozess hat ihr Spaß gemacht. Sie war nicht resigniert. Im Gegenteil, sie glaubte, dass wir eine Chance hätten. Wir hatten unbekanntes Quellenmaterial. Sie hat seit Jahren daran gearbeitet. Sie wusste Bescheid, sie war guter Dinge. Es kann kein Selbstmord sein. Niemals!«

Dann gehen sie zusammen spazieren. Der Mann ist Axel Azzola, Rechtsprofessor aus Darmstadt, er war Ulrikes Anwalt. Ein Rumäne aus einer jüdischen Familie. Jemand, der der deutschen Justiz den Selbstmord nicht abnimmt. Er sagt, er sei Ulrike dankbar, dass er sie vertreten durfte. Er sagt, sie sei die intelligenteste Frau, die er je kennengelernt habe. Die junge Frau hakt sich bei dem Mann unter, lange gehen sie immer wieder um Häuserblöcke.

Später sitzt die junge Frau am Schreibtisch. Sie schaut sich um. Sie sucht nach einem guten Versteck. Sie versteckt Ulrikes Briefe, die sie in einem kleinen Ordner hat, hinter dem Bücherregal. Dann legt sie sich auf ihr Bett und starrt auf dieses Regal. Die Kinder müssen wissen, wer ihre Mutter war. Das werden die Briefe ihnen einmal bezeugen können. Sie steht auf, sucht Schreibpapier, setzt sich an ihren Schreibtisch und schreibt an ihre Schwestern. Es wird ein langer Brief.

Ich danke meiner Tochter. Sie hat mir während der Entstehung des Buches mit vielen Ideen, mit Rat und Tat zur Seite gestanden, sie hat mir über viele Jahre hindurch Mut gemacht.

Ich danke allen Menschen, die mir zu diesem Buch Kraft gegeben haben.